GIORDANO FALCO

Il Fantasma
Storia di un adolescente

Youcanprint *Self-Publishing*

Titolo | Il Fantasma - Storia di un adolescente
Autore | Giordano Falco

ISBN | 978-88-92689-24-4

Youcanprint Self-Publishing
Via Roma, 73 - 73039 Tricase (LE) - Italy
www.youcanprint.it
info@youcanprint.it
Facebook: facebook.com/youcanprint.it
Twitter: twitter.com/youcanprintit

Premessa

È una storia di fantasmi? Un fantasma c'è. È un horror? Assolutamente no. È una storia d'amore? Potrebbe anche essere definita così, è una storia d'amore per la vita in generale. Insomma di cosa parla questo romanzo?

Il romanzo narra le vicende di un adolescente degli anni Settanta, raccontate ad un adolescente dei giorni nostri. Detto così potreste dire che non è il genere di romanzo che fa per voi. Ma se vi dicessi che poi spunta fuori un fantasma vero e che si crea un connubio tra il giovane e il vecchio la pensereste diversamente?

Vi ho incuriosito, vero?

In effetti questo romanzo è tutto ciò che ho descritto. La voce narrante è l'adolescente dei giorni nostri, ma anche l'adolescente degli anni Settanta è una voce narrante, senza dubbio più importante rispetto al giovane. Le esperienze del vecchio trovano applicazione nella vita reale del giovane. Attraverso il racconto del vecchio, il giovane impara ad essere uomo, ad affrontare le proprie responsabilità, le gioie, e i dolori che la vita gli riserverà. Il finale vi riserverà una sorpresa.

Buona lettura

Capitolo 1

Era una notte buia e tempestosa… No, così non va, tutti i manuali di scrittura dicono che non bisogna iniziare un romanzo con la descrizione del tempo, anche se a me decisamente piace, ma se voglio diventare uno scrittore vero dovrò attenermi alle regole, quindi ricominciamo.

Mi chiamo Mario, nome di fantasia, e sono un ragazzo dei giorni nostri, nella vita vorrei fare lo scrittore ma non so se sono abbastanza bravo. Ho usato un nome di fantasia perché se mai qualcuno dovesse leggere quello che ho scritto non possa risalire a me. Perché, direte voi?

Prima di tutto perché mi vergogno, secondo perché non voglio che gli altri mi riconoscano o riconoscano i luoghi o le persone che descriverò. Inoltre nel romanzo svelo le mie debolezze e questo non mi piace.

Certo, se qualche editore dovesse "scoprirmi", poi sarei costretto a rivelare il mio nome, ma questa è una possibilità remota.

Sono un ragazzo normale, dicevo, come tanti altri, anzi non proprio. Gli altri amano cose che a me non interessano, a me piace leggere e la letteratura in generale e mi piace scrivere. Agli altri interessa il calcio, la playstation e le ragazze. Non è che a me le ragazze non interessino, anzi, è proprio per colpa di una di loro se adesso sono qui, ma questa è una storia che vi racconterò dopo.

A scuola sono piuttosto bravo, ma solo nelle materie letterarie. In matematica sono una frana, per non parlare poi delle altre materie. Ma è l'italiano che oltre a piacermi mi affascina. Credetemi, voi che la parlate come lingua madre, non vi rendete conto delle mille sfumature che la nostra lingua espone, basta andare a cercare i significati più reconditi di una parola e vi si aprirà un mondo. Poi la musicalità della nostra lingua è unica, non vorrete mica paragonare l'italiano al tedesco con i suoi suoni gutturali, oppure al francese dove fanno terminare tutte le parole con un accento. Per non parlare delle lingue nordiche, inglese compreso, che sembrano ragli di un somaro.

Forse la musicalità dell'italiano è in parte eguagliata solo dallo spagnolo, anche se chi parla quella lingua ha la tendenza a mettere la lettera S da tutte le parti. Una volta un mio amico mi disse che per parlare lo spagnolo era sufficiente aggiungere la esse alla fine di ogni parola. Naturalmente non è così, ma spero di aver reso l'idea.

Per esempio prendiamo la parola goccia e vediamone il suo significato inserito nei suoi contesti. Il suo significato può essere usato in vari modi nella frase, è il contesto che determina cosa vogliamo dire. Se riferito ad una grande quantità di acqua può essere il mare o l'oceano, se invece preso in una piccola quantità potrebbe essere un sorso, una lacrima ecc. Se indicante una forma oppure oggetti assume altri significati, occhiali a goccia, pendente a goccia e così via.

Ma le due accezioni più significative si trovano nel dialetto toscano. Goccetto e goccino. Goccetto è usato anche nella lingua italiana, "andiamo a farci un goccetto", ma goccino è tipicamente toscano e vuol dire piccolo goccio, per esempio un goccino di latte, oppure un goccino d'acqua, tipo per prendere una pillola.

Senza dubbio vi sto annoiando e questo per uno scrittore è deleterio, ma vi chiedo solo di avere un po' di pazienza e vedrete che non ve ne pentirete.

Dicevo che io l'italiano lo studio anche in queste espressioni dialettali oppure in disuso. Io amo questa lingua in tutte le sue forme, compresi i dialetti.

L'idea di scrivere questo libro mi è venuta perché ho conosciuto un uomo eccezionale che chiameremo Sandro, anche se questo non è il suo vero nome. Sandro è una persona che ha una cultura mostruosa anche se non eccelle in nessun campo in particolare, in senso dispregiativo potremmo definirlo un tuttologo, in realtà se questa parola viene usata in senso positivo potremmo dire che con lui puoi parlare di tutto, lui conosce tutti gli argomenti, qualcuno meglio, qualcuno peggio ma non ti dirà mai "non lo so".

Qualche parola su di me. Non ho una storia particolarmente sofferta alle spalle, la mia infanzia è stata felice, mio padre non mi picchiava, non ho subito traumi infantili e non mi è mancato mai nulla. Ho un padre e una madre che mi vogliono bene ma non sono asfissianti, lasciano molta libertà alle mie scelte. Anch'io gli voglio molto bene. Dei quattro nonni mi è rimasta sola la nonna materna, che è una vecchietta adorabile e sempre piena di premure nei miei confronti. Sono figlio unico e quindi sono stato viziato fin dall'infanzia, come tutti i figli unici. La vita in famiglia scorre serena, mio padre lavora in un ufficio e mia madre fa la casalinga. Non abbiamo particolari problemi economici anche se non siamo ricchi.

Tutto sommato siamo una famiglia serena come tante altre. Solo negli ultimi tempi ho visto mia madre preoccupata, quando lei non mi vede la spio di nascosto e qualche volta l'ho vista piangere. Non ho mai avuto il coraggio di chiederle il perché. Forse sono questioni tra lei e mio padre su cui è meglio non indagare.

A dire la verità in questi ultimi tempi ho visto anche mio padre triste, e anche se non l'ho visto mai piangere, ha perso la sua vitalità. Lui è un tipo scherzoso, sempre pieno di battute sagaci e acute. Negli ultimi tempi invece è cupo e taciturno. Saranno i problemi degli adulti. A me non dicono niente, forse per non farmi preoccupare. Dicono che il mio lavoro a questa età deve consistere nello studiare, nel divertirmi e nel correre dietro alle ragazze. Ecco, quest'ultima cosa non è che mi riesca particolarmente bene, ma sono sicuro che imparerò. Io imparo in fretta.

***

Conobbi Sandro un giorno d'estate. Come tutti i ragazzi in questa stagione viviamo le nostre avventure più belle, i nostri amori sbocciano d'estate e magari in autunno sono già finiti. Ma durante l'estate ci sentiamo tutti ben predisposti, ragazze comprese. Ho sempre pensato che le ragazze fossero come noi, con gli stessi desideri e la stessa voglia di conoscere l'altro sesso. Solo che ancora la nostra società risente dei retaggi della religione cattolica, non ultimo il fatto che abbiamo il Papa a Roma, e risente anche della tradizione che vuole la donna relegata in secondo piano rispetto all'uomo. Quindi le ragazze sono, diciamo, più pudiche di noi nell'esternare i loro desideri. Noi se conquistiamo una ragazza e riusciamo a portarla in pineta siamo dei fighi, loro se vengono in pineta sono delle poco di buono.

Per fortuna le cose stanno cambiando rapidamente e arriverà il tempo in cui una ragazza ti chiederà lei di stare insieme o di fare sesso. Oddio, non so se mi piacerebbe che fosse così, ma sono sicuro che prima o poi accadrà.

Oggi poi l'approccio tra i due sessi ha subito delle trasformazioni radicali. Una volta vedevi una ragazza, ti piaceva, cercavi di conoscerla; oggi prima guardi il suo profilo Facebook, o Instagram, se ti interessa allora le mandi un messaggino privato. Solo poi tenti di conoscerla. Ci vedi tutti in fila appoggiati alle panchine come deficienti, ognuno che guarda il suo telefonino ultimo modello. Penseresti che stiamo guardando internet. No! Niente di più sbagliato! Stiamo semplicemente parlando con il nostro vicino o la nostra vicina.

A lungo andare sono sicuro che perderemo l'uso della parola in favore della chat. Io però non sono così. Oddio, non è che sia molto diverso, ma se parlo con una ragazza e quella continuamente guarda il telefonino mi incazzo di brutto e me ne vado. Questo mio comportamento mi ha creato non pochi problemi. Niente di non risolvibile, per carità, i problemi veri sono altri. Ma mettetevi nei miei panni, essere adolescente e sentirsi rifiutato dai propri coetanei è una brutta sensazione.

Quel giorno ero particolarmente triste perché avevo finalmente trovato il coraggio di fermare Elisabetta, la ragazza di cui ero innamorato. Le avevo chiesto di uscire con me e lei non solo mi aveva detto di no, e vabbè fino a lì poteva starci, ma mi aveva anche umiliato dicendomi che con me non ci sarebbe mai venuta, neanche fossi l'ultimo uomo rimasto sulla terra. Questa cosa mi aveva fatto precipitare in una cupa disperazione, vedevo tutto nero, avevo pure pensato di suicidarmi gettandomi dal ponte che sovrastava il fiume, peccato che il ponte era alto tre metri e tutt'al più mi sarei rotto una gamba.

Ma in quel momento vedevo tutto nero. Mi fermai a un bar deciso ad affogare i miei dispiaceri nell'alcol come avevo visto fare nei film americani.

Entrai nel locale, era un tipico ritrovo da "vecchi". C'era il biliardo e dietro la costruzione una sorta di cortile con degli alberi molto alti che rendevano fresco l'ambiente. In questo cortile c'erano tutti i tavoli in cui i vecchi giocavano a carte smadonnando.

Il bancone era ancora di formica e gli scaffali dei liquori denotavano che i frequentatori non fossero proprio avvezzi alle bevande di classe che beviamo noi ragazzi. Infatti facevano bella mostra di sé marsala all'uovo, sambuca di marca sconosciuta, anice stellato, brandy di marca *Tre stelle* nel boccione, Bianco Sarti che doveva avere una cinquantina di anni, e udite-udite, una bella bottiglia intonsa di Rosso Antico.

C'erano anche dei liquori stranieri, Cointreau, J&B, Ballantine's e un whisky che proprio non avevo mai visto, il Vat69. Non c'era un Bacardi né altri rum, neanche il gin c'era. Come facevano a fare il gin tonic? Mistero.

Mi presi due whisky doppi scegliendo il nome che avevo sentito più spesso, Ballantine's, e mi accomodai ad un tavolo. Tenete conto che io sono astemio e fino ad allora non avevo mai toccato una goccia di alcol in vita mia, avevo provato a bere del vino ma mi faceva proprio schifo, quando mi trovavo con gli amici loro bevevano *Ceres* e mojito, io Coca Cola. Per questo fatto ero sempre al centro delle loro prese in giro, infatti il mio nome diciamo di battaglia era "acquavite".

A uno dei tavoli era seduto un uomo che guardava gli altri giocare e ogni tanto guardava anche me. Aveva dei profondi occhi blu venati da delle rughe di espressione, era un bell'uomo, almeno per il mio metro di giudizio, ma non vi prestai particolare attenzione.

Buttai giù il primo sorso di liquore. Sembrava che una lama rovente mi avesse trafitto prima l'esofago e poi lo stomaco. Dovevo farcela, anche se mi veniva da tossire. L'uomo mi guardava e fumava e un lieve sorriso gli increspò le labbra nel vedere le mie boccacce.

Mi feci forza e ingollai tutto il restante liquore del primo bicchiere. Questa volta non potei trattenermi dal tossire, tutti gli uomini si girarono a guardarmi per tornare un attimo dopo ai loro giochi. Solo lui continuava a guardarmi.

Decisi di aspettare prima di affrontare il secondo bicchiere. Un calore pieno mi saliva dallo stomaco e mi arrivava alla testa, improvvisamente il pensiero di Elisabetta era sparito. Allora avevano ragione a dire "affogare i dispiaceri nell'alcol", non era solo un motto o uno di quei detti antichi che piacevano tanto ai vecchi, con me funzionava.

Mi gongolavo beato, così presi l'altro bicchiere e lo bevvi d'un fiato. Non sentii più neanche il bruciore, così tornai al banco e ne presi altri due.

Adesso avevo la testa leggera leggera, mi veniva da ridere, e ridevo tra me non sapendo bene di cosa stessi ridendo. Affrontai il terzo bicchiere e lo buttai giù. Stavo afferrando il quarto e mi accingevo a berlo quando una mano robusta mi afferrò il polso.

«Basta così ragazzo, vuoi che ti portino in ospedale?»

Era lui che mi aveva afferrato la mano in una presa salda e solida; volevo dirgli di farsi gli affari propri, ma le parole non uscivano dalla mia bocca.

Improvvisamente mi venne un conato di vomito e l'uomo mi prese e mi condusse al bagno, dove vomitai anche gli occhi. Dopo mi girava la testa e mi faceva male tutto.

«Sei stato fortunato a vomitare, se non lo avessi fatto avresti preso la sbornia più grande della tua vita, così invece tra un po' starai bene.»

Mi fece bere quattro tazze di caffè e cominciai a stare meglio.

«Non capisco perché voi ragazzi vi conciate così, di solito lo fate nelle discoteche, tu lo hai fatto in un bar per vecchi. C'è di mezzo una donna, vero?»

Non so come, non so perché ma gli raccontai tutto quello che mi era successo, quell'uomo mi ispirava fiducia. Ci sedemmo a un tavolo appartato. «Non sei il primo e non sarai nemmeno l'ultimo, se può consolarti è capitato anche a me di essere lasciato da una donna, anzi da più di una.»

«Almeno lei è stato lasciato, io neanche ci sono arrivato a stare con lei.»

L'uomo rise, aveva una risata di pancia che metteva allegria, così risi anch'io. Mi porse la mano. « Piacere, io sono Sandro.»

«Ti chiami come mio nonno, io sono Mario» dissi a mia volta porgendogli la mia.

«Adesso vai a casa e riposati, vai a letto, non credere che la sbornia sia passata qui, mangia qualcosa e fatti una bella dormita. Per consolarti pensa che lei non ti meritava e che tu sei immensamente migliore di lei. Vedrai che in pochi giorni ti passerà. Se poi vuoi una spalla su cui piangere sai dove trovarmi.»

Seguii i consigli del mio nuovo amico, e trambellando perché la testa girava ancora mi avviai verso casa.

La mattina dopo mi alzai che stavo indubbiamente meglio, ma Sandro non aveva proprio ragione in pieno, infatti Elisabetta non mi era uscita dalla testa, e per colmo della sfortuna mentre stavo entrando in un bar per fare colazione la vidi che era sottobraccio a Massimo, il mio migliore amico. Quello sporco traditore, a lui avevo confidato tutto e lui non mi aveva detto niente di lei, anzi mi consolava. Mi prese un attacco di gelosia, fui quasi tentato di seguire i due e fare a botte con il mio ex amico. Poi mi vennero in mente le parole del vecchio e feci training autogeno per calmarmi.

Nel pomeriggio però tornai da lui. Mi accolse venendomi incontro. «Mi fa piacere vedere che stai bene.»

«Insomma, non è che stia proprio bene, diciamo che sono stato meglio.»

E gli raccontai l'accaduto di quella mattina.

«Ti sei comportato come un vero uomo, sono fiero di te.»

«Io no, non capisco perché le ragazze con me non vengono mentre con i miei amici sì. Eppure non mi pare di essere brutto, sono brutto? Come le sembro?»

«Intanto dammi del tu, anche se abbiamo diversi anni di differenza il tu migliora i rapporti. Poi ti dirò una cosa che dovrai tenere a mente sempre. Non è tanto il fatto di essere belli o brutti. Si vedono in giro uomini brutti con belle ragazze, e non parlo di chi ha soldi, parlo di gente normale. Quello che conta è la personalità. Se tu sei brutto e hai personalità anche le donne vedranno che sei brutto, ma diranno "è un tipo". Ma se tu sei insignificante lo sarai anche se sei bello.»

«Bel discorso signor Sandro, ma se la mia personalità è questa come faccio ad acquisirne un'altra?»

«Fingi, guarda che tutti portano una maschera, c'è chi la porta meglio e chi peggio, ma quasi nessuno è mai se stesso. Tu fingi anche a te stesso di essere quello che non sei e vedrai che anche gli altri ti vedranno in quel modo. Hai presente quando vedi un uomo indossare un bell'abito di marca, ben stirato, ma pensi che gli stia male? Eppure è un bell'abito, perché dovrebbe stargli male? Sembra quasi che ci si senta a disagio. Effettivamente l'uomo che tu vedi si sente veramente a disagio vestito così, non si sente "vero". La sua insicurezza si riflette all'esterno e anche tu la percepisci. Se vuoi un consiglio è questo. Mi sembri un po' gracilino, comincia ad andare in palestra e fai pesi e ginnastica. Suda e vedrai che ti sentirai un altro.»

«Ma a me non piace, a me piace leggere e scrivere.»

«Te lo devi far piacere, dammi retta.»

Così feci. Ora non so se voi avete mai provato a fare palestra durante l'estate, se la vostra risposta è sì sapete di cosa parlo, se la vostra risposta è no immaginatevi immersi in una sauna dove il sudore vi entra da tutte le parti e avrete un'idea di cosa provai io quel primo giorno.

L'istruttore mi mise subito ai pesi, resistetti nemmeno mezz'ora. Tornai a casa che ero fradicio di sudore nonostante mi fossi fatto una doccia. Mangiai velocemente e andai subito a letto. La mattina dopo mi faceva male tutto e quando mi alzai non riuscivo a stare in piedi. I muscoli induriti mi facevano un male cane.

Nonostante tutto mi sentivo bene e andai al mare. L'acqua fresca fu un toccasana e tanto per non farmi mancare niente mi feci una discreta nuotata. Dovete sapere che ho un fisico esile ma sono alto, potrei essere un buon notatore se non fossi pigro.

Il pomeriggio tornai da Sandro e gli dissi che mi ero iscritto in palestra. Si complimentò con me. Rimanemmo all'ombra degli alberi a parlare di vari argomenti, questa volta senza nominare le donne.

Tornai in palestra, quel giorno se possibile fu ancora peggio. L'istruttore mi disse che era normale e che presto mi sarei abituato. Fu veramente così.

La mattina andavo al mare e nuotavo, il pomeriggio da Sandro e la sera in palestra. A poco a poco il mio corpo si modellò, mi guardavo con orgoglio allo specchio. Vedevo i bicipiti gonfi, le gambe tornite e i muscoli dell'addome che iniziavano a prendere la forma di tartaruga, mi sentivo figo. E più mi sentivo figo più mi impegnavo, quindi non ero pigro, ero solo demotivato, forse.

Uno dei tanti pomeriggi trascorsi con Sandro gli buttai là l'idea di scrivere un libro su di lui. All'inizio disse che la sua vita non era affatto interessante, ma da quello che mi aveva raccontato in quei pomeriggi a me sembrava che lo fosse, e molto anche.

Poi cambiò parere e il giorno successivo mi confidò che in fondo l'idea gli piaceva, perché doveva confessare un segreto che ormai gli pesava troppo tenere per sé. Unica condizione fu quella di non rivelare il suo vero nome. Per questo stò scrivendo con nomi di fantasia.

Quella sera ricevetti un invito inaspettato, i miei amici mi invitavano ad andare in pizzeria con loro. Cosa era successo di così eclatante da farmi invitare? Di solito mi evitavano, a parte Massimo che poi si era rivelato essere il peggiore. Mi annunciavano che ci sarebbero state pure le ragazze e anche Elisabetta. Ormai di lei non mi importava più nulla grazie a Sandro. Mi sentivo sicuro di me e in pace con me stesso e con gli altri. Così accettai volentieri.

La pizzeria era uno di quei classici locali aperti solo d'estate per accogliere i turisti che venivano al mare. Però la pizza era buona, come pizzaiolo avevano un egiziano piuttosto scuro di pelle. Arrivai al locale in leggero anticipo, mi sedetti a un tavolo e ordinai un boccale di birra. Dopo l'esperienza con il liquore avevo preso a bere birra, se sentivo l'odore del whisky ancora mi veniva da rimettere, ma la birra la bevevo volentieri.

Avevo anche preso a fumare qualche sigaretta, sapevo che non avrei dovuto, ma fumare mi piaceva e contribuiva a darmi un'aria di ragazzo più vissuto di quello che in realtà fossi.

Poco dopo arrivarono gli amici, ridevano e scherzavano, c'erano anche diverse ragazze, Elisabetta compresa. Massimo si fece avanti, ignorava senza dubbio che li avessi visti insieme.

«Che fine hai fatto, sono giorni che non ti si vede più in giro, stai studiando?»

«No caro Massimo, mi dedico ad altro, ma ci vogliamo accomodare che mi è venuta fame?»

Mi guardarono tutti stupiti, mai si sarebbero aspettati da me una risposta simile. Tutti mi guardavano in modo diverso dal solito. Grazie Sandro, non finirò mai di ringraziarti.

Mi accomodai per primo a capotavola, nessuno protestò, prima della mia "trasformazione" non avrei mai osato fare una cosa così. Due delle ragazze mi si affiancarono, una a destra e una a sinistra. E quando mai sarebbe successo prima. Proprio il fatto di sentirmi in pace con me stesso contribuiva a rendermi più interessante agli occhi di tutti.

Chi espresse per prima questa sensazione fu proprio Elisabetta. «Mi sembri diverso, cosa ti è successo?»

«Proprio niente di particolare, perché mi fai questa domanda?» dentro di me però gongolavo, eccome se gongolavo.

«Non so, hai un'aria diversa, sembri un'altra persona...»

«Forse sono davvero un'altra persona» risposi.

Mangiammo, e mentre mangiavamo vedevo le occhiate delle ragazze che mi scrutavano di nascosto. Dopo cena decidemmo di andare in un locale dove facevano musica e dove si poteva anche ballare. I miei amici si rimpinzavano di *Ceres* ed erano sempre più sballati, io più modestamente bevevo *Moretti* e stavo bene, per nulla alterato. Comunque bere birra invece che Coca Cola era un notevole passo avanti.

Mi si avvicinò una delle ragazze, Bianca si chiamava, mi chiese se potevo accompagnarla fuori. Mi alzai portandomi dietro la birra. E quando mai?

Ci accomodammo in un dondolo nel giardino. Mi accesi una sigaretta, lei prese una delle sue fatte a mano, e mi fece cenno se volevo dare una tirata.

«Sono buone, vedrai che effetto.»

«Io non fumo quella roba, anzi vorrei sapere perché voi la fumate, che senso ha perdere il controllo, vi fa stare bene? Io sto bene così.»

Forse avevo perso un'occasione per stare con una ragazza, ma sorprendentemente non mi importava. Vuoi perché Bianca non mi piaceva proprio, vuoi perché in effetti quello che avevo detto corrispondeva al vero. Infatti lei mi guardò stupita, poi aggiunse: «Ma lo fanno tutti!»

«E tu per non essere diversa dagli altri lo fai, anche se magari non ti va, vero?»

Forse stavo diventando troppo saccente, così aggiunsi: «Ma non ti preoccupare, fallo pure se ti va e ti piace, a me non dai fastidio.»

La ragazza appoggiò la testa sulla mia spalla. Ecco, se adesso questa mi fosse piaciuta l'avrei prima baciata e poi magari portata sulla spiaggia, invece niente neanche stasera, ma prima o poi verrà una che mi piace e allora agirò.

La notte dormii tranquillo e beato consapevole del mio mutato appeal presso i miei coetanei.

I giorni passavano e io continuavo la solita vita: mattina mare, pomeriggio Sandro, sera palestra e poi a letto. Non ricevetti più nessun invito da quelli che reputavo amici, non perché non mi volessero più vedere ma perché si erano "sparpagliati", chi in montagna con la famiglia, chi in un altro posto di mare. Però la compagnia si sarebbe riformata a breve. Solo Elisabetta, Massimo e Bianca non erano andati via, ma anche loro presto avrebbero seguito i genitori non avendo ancora nessuna voce in capitolo sulle loro scelte.

Intanto con Sandro ci eravamo organizzati, non poteva raccontarmi la sua vita dentro un bar. Così scegliemmo un tavolo da pic-nic con relative panche in riva al mare sotto una palma, io con un blocco di appunti e lui con la sua memoria. E così cominciò il racconto.

Capitolo 2

Le vicende che ti narrerò iniziano nei primi anni Settanta. Allora ero un adolescente come te, e come te avevo mille paure e pure tanti complessi, forse ingiustificati, ma io me li sentivo tutti addosso.

Considera che il mondo a quell'epoca era molto diverso da quello che conosci tu attualmente. Questo posto, che adesso tu vedi pieno di turisti, era pressoché deserto. Le strade erano quasi tutte "bianche", cioè senza asfalto. I bar erano tutti come dici tu per "vecchi" e noi ragazzi ci annoiavamo a morte.

La nostra compagna più fedele era la noia, e - ti sembrerà incredibile - la noia era più presente d'estate. D'inverno andavamo a scuola in città e tra scuola e studio, si fa per dire, arrivavi alla sera in un attimo, ma d'estate eravamo in vacanza. Le nostre vacanze, al contrario delle vostre, duravano da giugno a ottobre, infatti la scuola iniziava il primo ottobre.

Andavamo a scuola e non ci mancavano mai i professori, qualcuno poteva assentarsi, ma c'era subito un supplente che prendeva il suo posto. Non capisco adesso come funzioni, quello che mi pare di capire è che nel tempo siamo andati peggiorando e di molto. Adesso rientrate a settembre, ma non tutti insieme, c'è chi rientra il 12, chi il 15 e così via. Sembra quasi che chi pensa queste cose non tenga conto delle condizioni generali che sono mutate, non ultimo il clima che sta diventando sempre più caldo. In alcune regioni settembre è ancora piena estate, che senso ha andare a scuola? Ma questi non ne tengono conto; se ci fosse una spiegazione logica potremmo anche accettare questo stato di cose, ma spiegazioni logiche non ve ne sono.

Inoltre tieni conto che a noi ci rimandavano a settembre se non eri sufficiente in qualche materia. Se andavi all'esame di riparazione e non avevi studiato ti bocciavano, eccome se ti bocciavano, con me lo hanno fatto due volte. Adesso invece dovete recuperare durante l'anno con dei corsi, una cosa che non si può sentire. Se una materia non la sai non la sai e basta e la devi studiare, fare esercizi e applicarti.

Ma questa è solo una delle cose che sono andate peggiorando, ce ne sono molte altre. Non mi prendere però per un vecchio nostalgico del passato, oggi ci sono moltissime cose migliori di prima.

Comunque ti dicevo che d'inverno andavo a scuola in città, andavo con il treno. Eravamo una masnada di ragazzi e ragazze, c'era chi faceva il liceo, chi il magistrale, chi il professionale, geometra, ragioneria, istituto tecnico ecc. Il treno era anche frequentato da ragazzi che andavano in città per imparare un lavoro. Questa è un'altra cosa che abbiamo peggiorato con il tempo. Prima un ragazzo che voleva imparare a fare, che so, l'idraulico, andava presso una ditta, veniva pagato poco e imparava il mestiere. Adesso non ti prende più nessuno perché ti devono pagare e tu non sai fare nulla, quindi semplicemente non ti prendono.

Il treno impiegava un'ora circa ad arrivare in città, era un accelerato e si fermava a tutte le stazioni. Dentro il treno potevi fumare, aprire i finestrini e fare casino, c'erano addirittura i posacenere. Un altro mondo.

In quel periodo il treno era un momento di spasso, serviva a fare amicizia e fare casino, nell'ora di tempo che passavamo tutte le mattine in quel convoglio giocavamo a carte, molto spesso a poker, più raramente a briscola o tressette, a scopa non giocavamo quasi mai.

La scuola era molto dura, non tanto per gli studi in sé, quanto per il fatto che per tre giorni a settimana avevo il rientro pomeridiano. Solo che il nostro rientro era molto diverso rispetto ai ragazzi che abitavano in città, uscivamo alle 18 e il treno per tornare a casa partiva alle 19.30. Quindi arrivavo a casa, sempre se il treno non aveva ritardo, alle 20.30. Mangiavo e poi andavo a letto. La mattina dopo mi aspettava un'altra levataccia. L'anno che ti sto raccontando per sfortuna era capitato che i rientri erano tutti consecutivi: lunedì, martedì e mercoledì. Quindi quando arrivavo al giovedì per me la settimana era già finita e pregustavo il fine settimana - per inciso, noi andavamo a scuola anche il sabato.

Quei tre giorni in fila erano massacranti e non studiavo mai, arrivato al giovedì dovevo recuperare le materie di tre giorni e ti assicuro che non era facile. Fondamentalmente per noi ragazzi di quell'epoca le paure erano solo due, un'interrogazione e non aver pagato l'abbonamento settimanale al treno.

L'interrogazione, se prevista, la scavalcavamo facilmente non andando a scuola, facendo quello che voi chiamate *salino* o *sega* a seconda delle regioni. Stavamo a zonzo per tutto il giorno, sceglievamo un bar che avesse un retro in modo da non essere visti. Questi bar di solito erano attrezzati per renderci la vita più piacevole. C'erano bigliardini, flipper e in quelli migliori anche il juke-box. Il bar contribuiva al nostro benessere con tramezzini e panini fatti in tutti i modi, paste e pizzette.

A quel tempo la fame era tanta e quindi saccheggiavamo il bancone per la felicità dei gestori. Se invece l'interrogazione non era prevista, come spesso accadeva, cercavi di nasconderti abbassando la testa per non farti vedere. Oggi si direbbe "tenevi un basso profilo". Questa tattica non sempre riusciva e quando non ti riusciva potevi avere fortuna, se l'insegnante ti chiedeva argomenti che conoscevi, o sfortuna. In questo caso dovevi inventarti una scusa credibile, che so, ti era morta la nonna, tua madre era stata male quella notte e non avevi potuto studiare. In quegli anni le mie nonne e nonni erano morti almeno dieci volte.

La seconda paura, come ti dicevo, era rappresentata dal controllore del treno. A quel tempo i controllori passavano e controllavano veramente, e se eri senza biglietto o senza abbonamento ti facevano la multa nella migliore delle ipotesi, o ti facevano scendere dal treno nella peggiore.

Qualche volta succedeva di non fare l'abbonamento settimanale, vuoi per dimenticanza, vuoi perché non avevi fatto in tempo, vuoi perché ti eri speso i soldi che i genitori ti avevano dato per altre cose. Questa era la cosa che succedeva più spesso, perlomeno a me.

Allora passavi una settimana da incubo, dovevi cercare di sfuggire all'implacabile e incorruttibile controllore due volte al giorno. La tattica era molto semplice: ti mettevi di vedetta in un punto strategico finché non lo vedevi arrivare, poi ti rinchiudevi nel bagno facendo però attenzione a non girare la levetta che indicava occupato, aspettavi il suo passaggio e poi uscivi.

Il più delle volte funzionava. Alcune volte però intervenivano quelli che noi chiamavamo attacchi di sfiga o più semplicemente imprevisti. Il controllore apriva la porta e ti beccava. Qualcuno che aveva veramente bisogno del bagno entrava, in quel caso se il controllore era già lontano non succedeva niente, in caso contrario eri nei casini.

Devi considerare, caro Mario, che quel periodo che io ho vissuto e tu no ricadeva in pieno in quell'anno ricco di novità ma anche di sventure che era il Sessantotto. Da noi, intendo l'Italia, i moti di quell'anno successero più nel '70-'71 che non quando era logico aspettarseli, in provincia accaddero ancora dopo, nel '72-'73. Anche se ancora il vento di ribellione non era del tutto acceso l'aria era però pervasa da un senso di attesa, di speranza, di indignazione verso quel sistema che ritenevamo autoritario, corrotto e imbelle.

Allora noi non speravamo, noi credevamo fortemente in un mondo migliore. E chi erano i nemici che ci impedivano di coronare il nostro sogno? Prima di tutti i politici, come adesso, poi la polizia e le forze dell'ordine in generale. Anche qualche insegnante lo vedevamo appartenere alla schiera dei reazionari, mentre qualcun altro lo sentivamo più vicino alle nostre posizioni.

Era rigorosamente prescritto avere i capelli lunghi e l'eskimo di ordinanza, i jeans o i pantaloni a zampa di elefante, ogni altro abbigliamento che poteva ricondurre alla borghesia era bandito. Non è che io la pensassi proprio così, però anch'io mi vestivo così e avevo i capelli lunghi, non per esigenze di immagine o politiche, ma perché mi piaceva. Avevo i capelli lunghi ma sempre curati e lavati, poi c'erano quegli scalmanati che voi definite "zecche".

Quelli avevano i capelli lunghi e sporchi, la barba incolta e vestivano in modo sciatto ma che faceva tanto tendenza. Si definivano leninisti-maoisti, qualcuno si definiva trotskista e indistintamente odiavano l'America, la borghesia e il capitale. Io però non ero così, quella gente mi sembrava semplicemente idiota. Mi vestivo così, come ti ho detto, perché mi piaceva, e perché si cuccava meglio che se avessi avuto i capelli corti e magari la riga laterale.

Un vero e proprio *must* erano i parrucchieri da uomo, ci scambiavamo le informazioni sui più fantasiosi o su chi facesse il taglio migliore. Se uno di loro entrava nelle nostre grazie faceva fortuna. Schiere e schiere di ragazzotti imberbi affollavano il salone ansiose di sottoporsi alle cure di quel mago del capello.

In fin dei conti eravamo dei semplici stupidotti affascinati dal mondo che cambiava, incazzati con l'America ma affascinati da tutto quello che veniva da quella nazione o dall'Inghilterra, non ultima la musica.

La musica in quegli anni fu veramente la miglior musica che l'uomo abbia fatto e suonato. C'erano canzoni di protesta e rock and roll, in quel periodo sono nati dei gruppi incredibili che hanno fatto la storia della musica e che per questo sono e rimarranno immortali. Ma di questo parleremo dopo, adesso mi si è seccata la lingua. Vai a prendere due birre, tieni i soldi.

***

Mi alzai dirigendomi verso il vicino chiosco dove presi due *Moretti baffo d'oro*. Quell'uomo mi affascinava, e non solo per quello che mi stava raccontando, ma anche per il modo in cui lo stava raccontando. Avevo avuto cura di registrare tutto con il cellulare, altrimenti non avrei potuto ricordarmi tutti quei particolari.

Tornai alla panca e gli porsi la bottiglia. Sandro ne bevve un lungo sorso, metà della bevanda sparì dentro la sua gola. Poi mi disse: «Va bene così o ti aspettavi qualcos'altro?»

«Mi aspetto che mi racconti le tue avventure amorose.»

«Per quelle c'è tempo, se prima non ti faccio capire il contesto potresti non capire bene il resto.»

Ci salutammo dandoci appuntamento al giorno dopo.

Capitolo 3

Mentre tornavo a casa i primi dubbi sulla mia capacità di mettere per iscritto quello che mi aveva raccontato l'uomo mi vennero alla mente.

Raccontava in un modo che ti affascinava, ti sembrava di vedere la scena come l'aveva vissuta lui, specialmente la descrizione del periodo vissuto era particolarmente bella. Sapevo anch'io dei moti di ribellione di quel tempo, la guerra del Vietnam e i disertori americani che scappavano per non andare sotto le armi, sapevo degli scontri con la polizia in Italia e dell'occupazione delle scuole. Le comuni. Le prime droghe che avevano iniziato a girare in quel periodo, marijuana e hascisc più che altro, ma anche pasticche per dimagrire prese con l'alcol, la cocaina e l'eroina ancora non erano entrate nel mercato e l'avrebbero fatto solo più tardi. Ma quelle cose raccontate da lui erano vive e reali, gli avvenimenti avrei potuto toccarli con le mani. Sarei stato capace di metterli su carta e ottenere lo stesso effetto?

D'altronde questa era la differenza tra uno scrittore e un imbrattacarte, dubitavo fortemente di appartenere alla prima categoria, forse la seconda mi si addiceva di più. Ma cosa avevo da perdere? Se non avessi provato non l'avrei mai saputo.

In quel periodo dell'anno la palestra chiudeva per ferie e per il troppo caldo, quindi avevo la serata libera, ma ero solo; avevo mandato un messaggio a Massimo ma non mi aveva risposto. Pensai che dovesse essere ancora in montagna, dove i cellulari prendevano poco. Quindi non sapevo dove andare. Decisi che sarei andato a mangiare una pizza e poi a spasso sul lungomare.

Rientrai a casa, mi feci una doccia e mi cambiai. «Mamma io sono a cena fuori» gridai dal corridoio a mia madre che stava preparando la cena.

«Non fare tardi che mi fai stare in pensiero.»

«Non ti preoccupare, salutami papà.»

Mentre uscivo nel corridoio passai davanti alla porta della cucina, mia madre era seduta al tavolo con le mani nei capelli e piangeva a dirotto. Le lacrime le scendevano sulle gote e lei sembrava non curarsene.

Povera donna, chissà cosa era successo per ridurla in quello stato. Ma quando sei giovane le cose spiacevoli ti scivolano via in fretta, le dimentichi, tutto qua. Forse quando una persona è giovane è fondamentalmente egoista e si preoccupa più del proprio benessere che di quello degli altri. Comunque uscii e non ci pensai più.

Con le mani in tasca mi incamminai verso la pizzeria, il cellulare taceva imperterrito, nessuno mi cercava. Nonostante la mia personalità stesse cambiando ancora ero un reietto, con pochi amici di cui nessuno sincero.

"Non ti compatire che non è proprio il caso" diceva la mia coscienza.

"Dici bene tu! Passare una serata da solo d'estate è sconfortante."

"Meglio solo che male accompagnato. Adesso vai in pizzeria e ti guardi intorno, se vedi qualcuna che ti piace e che è sola o con amiche, ti fai avanti e le chiedi di uscire. Se non c'è nessuna che valga la pena di scomodare vai a ballare e vedrai che qualcuna la trovi."

"Non ci riuscirò mai, non avrò mai il coraggio di avvicinare una ragazza che non conosco."

"Ti devi sforzare, magari lei non aspetta altro che qualcuno le si avvicini e le chieda di uscire. Pensaci."

"Dici bene tu, ma mettiti nei miei panni."

"Io sono nei tuoi panni. Sono te!"

"Vabbè, lasciamo stare."

Arrivai alla pizzeria, era piena zeppa, per mangiare avrei dovuto aspettare che qualcuno si alzasse dal tavolo, però c'erano tanti altri nelle mie condizioni che stavano aspettando il proprio turno ed erano arrivati prima di me.

"Non si può fare, meglio andare da qualche altra parte."

La pizzeria in questione era la più rinomata e la più frequentata. C'erano altri locali che facevano la pizza, ma secondo voci di popolo non si mangiava bene, la pizza era cattiva oppure i prezzi troppo alti.

Però non avendo altra possibilità mi diressi verso un altro locale. Mica mi avrebbero avvelenato, tutt'al più la pizza sarebbe stata cattiva ma non sarei morto.

Varcai la soglia di questo locale e rimasi meravigliato. Gente seduta ai tavoli ce n'era, ma era gente più composta rispetto alla pizzeria dove andavo di solito, parlavano tutti a bassa voce mentre nell'altro locale c'era sempre un chiacchiericcio fastidioso che ti impediva di sentire cosa dicesse il vicino.

Mi si fece incontro un cameriere, vestito da cameriere. «Il signore ha prenotato?»

Poteva avere più o meno la mia età, evidentemente lui d'estate doveva lavorare, mi rimase subito simpatico.

«No, mi spiace, sono solo, avete un tavolo?»

«Mi attenda qui, vedrò cosa posso fare» così dicendo sparì in sala.

Mi guardavo intorno, il locale era di un certo livello, i tavoli e le sedie non erano certo da pizzeria, le pareti avevano specchi che contribuivano a far sembrare la sala più grande di quanto in realtà non fosse. I camerieri, tutti vestiti nello stesso modo, andavano e venivano tra i tavoli portando vassoi e piatti. Ma nei piatti non c'era pizza, bensì pesci, gamberi e scampi, passò anche un'aragosta o un astice non so bene, sopra una montagna di tagliolini fumanti.

Mi venne l'acquolina in bocca. Se avessi preso uno di quei piatti mi avrebbero senza dubbio spellato vivo e sarei dovuto stare a stecchetto almeno per una settimana. Decisamente avevo sbagliato locale. Pensai di andarmene, poi sperai che il cameriere non mi trovasse posto. Invece questi tornò sorridendo, e mi disse: «Guardi le ho trovato un tavolo proprio in veranda, c'è stata una disdetta all'ultimo minuto. Mi segua, prego.»

Seguii il ragazzo in fondo alla sala verso una porta a vetri che dava sulla veranda. I tavoli avevano tutti le candele accese negli appositi contenitori. Mi guardai intorno, non era un posto da ragazzi, erano quasi tutte coppie, giovani, di mezza età e attempate, qualcuna era pure male assortita, un vecchio e una ragazza che avrà avuto quarant'anni meno di lui stavano seduti conversando al tavolo vicino al mio. Lui le teneva la mano. "Pensi sia innamorata di te o dei tuoi soldi?" pensai mentre mi accomodavo al mio posto.

Devo dire che il tavolo era favoloso, era proprio nell'angolo della terrazza e vicino al parapetto che dava sul mare. Mi accomodai e solertemente il cameriere mi portò il menu. Scorsi ansioso la lista per vedere i prezzi esorbitanti che avrei dovuto pagare.

Contai mentalmente quanti piatti avrei dovuto lavare quella sera. Ero assorto nella lettura del menu, stavo analizzando la sezione antipasti: insalata di mare € 16,00, crudité di mare € 25,00, polpo e patate € 16,00, antipasti misti (per due) € 45,00, antipasti caldi e freddi € 50,00… quando il cameriere venne verso di me. «Mi scusi signore, dovrei chiederle un favore.»

Ormai mi ero abituato al "lei" anche se mi sembrava strano chiamare un ragazzo della mia età così, però mi adeguai. «Mi dica.»

«Abbiamo una persona nelle sue stesse condizioni, non ha prenotato e deve mangiare, non è che lei è così gentile da dividere il suo tavolo con questa persona?»

Bello sfacciato quel cameriere, prima mi dava del lei e poi mi faceva una richiesta simile. Pensai rapidamente a chi poteva capitarmi come commensale. Però in fondo cosa mi costava, mi ero pure rotto di stare da solo, così gli risposi: «Va bene, per me non c'è problema.»

«Grazie, vedrò di farle uno sconto alla fine» e si allontanò nella sala gremita.

Mi rituffai nella lettura; se gli antipasti erano cari, i primi erano spropositati: linguine all'astice (per due) € 60,00, spaghetti con le vongole € 18,00. E i secondi che te lo dico a fare? Una frittura mista veniva € 20,00, e via di questo tenore. Scorsi tutto, poi arrivai alle pizze. I prezzi di queste erano "umani", anche se più cari di quelli della pizzeria dove andavo di solito. Una margherita, che costava meno di tutte, e una birra mi sarebbero costate € 20,00 contro i 16,00 € che pagavo dall'altra parte, si poteva fare. Rasserenato chiusi il menu e alzai gli occhi. Il cameriere era di ritorno, ma accanto a lui c'era l'essere più bello che avessi visto in vita mia, un angelo poteva sembrare.

Una ragazza alta, con lunghi capelli biondi sciolti sulle spalle, un viso bellissimo e due occhi incastonati che sprizzavano azzurro da tutte le parti, sembravano i laser dell'Enterprise di *Star Trek*.

Rimasi senza fiato, senza parole, e senza intelletto. Il cameriere le spostò la sedia dal tavolo e la fece accomodare. Lei mi porse una mano lunga, con delle dita affusolate che sembravano appartenere a una pianista, e con una voce che sembrava più un canto di angeli che una voce umana mi disse: «Piacere, io mi chiamo Luce.»

Senti che nome che ha questa, il mio, Mario, sembrava una scatoletta di tonno di fronte ad un vasetto di caviale del Volga. «Piacere, io sono Mario.»

Mi strinse la mano e mi guardò negli occhi; hai voglia a fingere di essere un altro, hai voglia a seguire i consigli di Sandro, mi dimenticai tutto, delle lezioni che avevo appreso e precipitai di nuovo nella mia insicurezza e nelle mie paure.

Avrei voluto essere brillante, ma non mi uscivano le parole di bocca, ero come paralizzato. Questa non aveva concorrenti, Elisabetta in confronto sembrava uno sgorbietto, diciamo che in una scala da uno a dieci, se lei era dieci Elisabetta forse, e dico forse, quattro. E pensate che Elisabetta era la più bella del gruppo. Bianca, che era anche bruttina, strappava a malapena un due scarso.

Questo per farvi capire chi avevo davanti. Ordinammo, io la pizza, lei un piatto di crudo. Si vedeva lontano un chilometro che appartenevamo a due estrazioni sociali diverse, molto diverse. Però con mia grande sorpresa fu lei che prese l'iniziativa e iniziò a parlare.

Mi sciolsi e la conversazione divenne piacevole. Mi raccontò di sé ma volle sapere anche di me. Veniva in vacanza in quel posto da quando era piccola, i suoi erano di Milano e suo padre aveva una piccola impresa, non mi disse il nome dell'impresa né altro. Io le parlai di me, della mia passione per la scrittura e la letteratura.

Mi disse che anche lei era un'accanita lettrice e ci trovammo così a parlare dei nostri scrittori e romanzi preferiti. Avevo trovato la mia anima gemella, gente, diciamo che in tre minuti e quarantotto secondi ero già cotto come una pera. Però... però non ero proprio così fessacchiotto come voi potreste pensare, sapevo benissimo che Luce non era alla mia portata, quindi mi comportai come se fosse solo un'amica ritenendola irraggiungibile. Questo fatto fu benefico per me, infatti mi comportai come me stesso, senza maschere e senza fingere.

Terminata la cena eravamo amici, mi invitò lei a fare una passeggiata sulla spiaggia. A quel punto mi ripresero i timori che durante la cena avevo tenuto a bada.

Badate bene, se avessi dovuto invitarla io non ci sarei mai riuscito, ma il fatto che mi avesse invitato lei mi sembrò del tutto naturale ed esente da secondi fini.

Sempre chiacchierando finimmo in un posto lontano dalla folla, c'erano delle barche che dovevano essere riparate, erano spiaggiate e girate sottosopra, alcune erano rialzate su dei cavalletti di legno. Ci appoggiammo ad una di queste, lei mi prese la mano e mi baciò. Dopo il primo momento di sorpresa mi detti da fare anche io. Tastavo i suoi seni e lei mi lasciava fare mentre continuavamo a baciarci.

Per inciso e per togliervi ogni dubbio circa le mie capacità amatorie, avevo già baciato altre ragazze, ma non mi ero mai spinto oltre, quindi non avevo mai fatto l'amore con nessuna, però diciamo che avevo avuto dei buoni maestri al riguardo e più o meno sapevo quello che avrei dovuto fare. Così cercai di mettere in pratica i loro insegnamenti, la mia mano scese sulle sue gambe e iniziai a carezzarle. All'inizio mi lasciò fare, quando però tentai di salire più in alto mi fermò la mano.

«Cosa stai facendo?» mi disse guardandomi diritto negli occhi.

Non sapevo cosa rispondere, così non le risposi e continuai a baciarla ritirando le mani da dove le avevo e appoggiandole sul seno, però sotto la leggera maglietta che portava. Anche questo tentativo però fu respinto. Allora mi limitai a baciarla e basta. La mia eccitazione però era imponente e cercai di avvicinare la ragazza al mio pene, lei non si oppose e mi si accostò. Io mi strofinavo e pure lei collaborava.

Venni senza volerlo. Il viso mi si colorò di rosso e scostai quel corpo avvinto al mio. La vergogna che provai fu immensa. Mi salvò la faccia tosta che nel frattempo mi era venuta.

«Mi piaci troppo, non ho resistito e sono venuto… ti dispiace?»

«No, per niente, sapessi cosa significa per una donna essere così desiderata» mi rispose civettuola.

Tornammo indietro tenendoci per mano e dandoci appuntamento per la mattina dopo al mare.

Ci salutammo e tornai a casa, erano ormai le due di notte, il tempo era volato e io camminavo a due metri da terra. Mi sentivo leggero, potente, bello e figo. Quella notte non dormii mai e dovetti pure andare in bagno a farmi una pippa, o sega come la chiamate voi, per liberare quel desiderio che avevo ancora dentro.

Mi addormentai che era già mattina, ma chissà perché quando fu l'ora di alzarsi non mi servì la sveglia, feci colazione e mi precipitai al mare.

Solo che ebbi una cocente delusione: lei non c'era. La cercai per tutta la spiaggia come un disperato ma non c'era traccia di quella ragazza. Mestamente feci il bagno e tornai a casa.

La notte non avevo dormito ma il pomeriggio caddi in coma, stremato dalle emozioni del giorno prima. Anche se non avevo fatto l'amore mi sentivo un uomo e non più un ragazzo.

Non mancai all'appuntamento con Sandro. Il vecchio era sulla panca e stava fumando con una birra in mano. Come mi vide mi disse: «Sei in ritardo.»

«Scusami Sandro, ma non sai cosa mi è capitato» e gli raccontai tutto come si racconta tutto ad un amico. Non dissi niente di più e niente di meno.

Mi guardò sorridendo e mi fece: «Sono fiero di te, però avresti dovuto provare a scopartela.»

«Perché mi dici così, Sandro?» gli dissi un po' contrariato.

«Perché lo rimpiangerai sempre di non averci provato. Ricorda che le donne desiderano essere pregate e anche se dicono no non è sempre no. Se tu ci avessi provato e lei avesse detto no ti saresti messo l'anima in pace, ma così ti rimarrà sempre il rimpianto di non averci provato fino in fondo. Comunque hai fatto un bel passo avanti, bravo!»

Lo guardai meravigliato… in effetti non aveva tutti i torti.

«Prenditi una birra che continuo con il racconto.»

Capitolo 4

«Di cosa parlavamo la volta scorsa?»

«Di musica se non ricordo male.»

«Già, la musica.»

In quegli anni la musica aveva una parte preponderante nella mia vita, gli anni che ti sto raccontando non erano ancora gli anni del boom musicale. C'erano già i complessi, ma conoscevamo per lo più quelli italiani.

Era il tempo dei Nomadi, i Rocks, i Quelli, che poi sarebbero diventati la PFM (Premiata Forneria Marconi), Le Orme, i Gens, i Primitives con Mal, i Dik Dik, l'Equipe 84, i Nuovi Angeli e qualcuno me lo sono scordato ci puoi contare.

«Io a parte i Nomadi e i Dik Dik quegli altri non li ho mai sentiti nominare.»

«Ti credo, facevano tutti canzoncine, parecchi pezzi erano cover americane o inglesi che da noi non erano arrivate, ma a noi piacevano tanto. Non mi interrompere ragazzo, non ho molto tempo, e neanche tu ne hai molto.»

"Ma se non fa un cazzo dalla mattina alla sera! E poi io ho tutto il tempo che voglio" comunque feci silenzio.

Considera che le sale da ballo erano poche e lontane. Devi considerare sempre il fatto che io vivevo in campagna, ero un campagnolo, figlio di campagnoli. Quindi per ballare ci riunivamo nelle case. Ora a me di ballare non è mai importato nulla, anzi neanche mi piace ballare, però era l'unico modo che avevamo per stringere una ragazza.

Ora tu non lo sai ma a quel tempo i balli per noi erano i *lenti*, era da poco arrivato il twist ma durante una serata quel genere poteva essere suonato tre o quattro volte, il resto erano lenti. Anche il valzer e il tango venivano eseguiti poco, una o due volte in tutto.

I lenti erano il nostro modo per corteggiare le ragazze. Ne sceglievi una e la invitavi a ballare, lei ti squadrava dalla testa ai piedi poi poteva accettare oppure no. Se diceva no non ci tornavi più. Se diceva sì avevi due opzioni: ci sta, non ci sta. Se non ci stava le davi un'altra possibilità, se invece ci stava subito le cose erano ancora due, o le piacevi oppure era una zoccola. In tutti i casi mentre ci ballavi cercavi di conoscerla. Se ti si avvicinava e ti abbracciava allora il ballo si tramutava in una pomiciata, altrimenti era solo un ballo.

Queste erano le regole non scritte che vigevano allora. Vedevi che a turno i ragazzi andavano in bagno, a fare cosa mi dirai tu, e la risposta più ovvia sarebbe: andavano a pisciare. No! Sbagliato, andavano ad aggiustarsi il cazzo e metterlo di traverso così che le ragazze potessero sentirlo meglio.

Quando avevi un'erezione lui stava in posizione, ma quando smettevi di ballare e l'amico si rilassava allora andava dove gli pareva. Se fosse tornato in erezione poteva andare nelle parti più strane. Così ogni tanto era necessario rieducarlo.

***

Nel sentire queste parole non potei trattenermi dal ridere, e anche Sandro prese a ridere con me. Poi con un gesto della mano mi fermò.

Questa era la nostra vita, semplice e anche un po' insulsa ma a noi sembrava bellissima. Una sera che dovevo rimanere per il pomeriggio a scuola conobbi una ragazza in stazione. Veniva da un piccolo paese dell'interno e prendeva il treno che andava nella direzione opposta alla mia. Non ricordo nemmeno bene come attaccai discorso con lei.

Appena conosciuti ci vedevamo nella sala d'aspetto dello scalo ferroviario. Non è che mi piacesse particolarmente, non era brutta, era una normale, ma aveva dei capelli color castano spento che sembravano sempre unti e grassi. Naturalmente non era così, però quando se li lavava lo notavo subito perché diventavano gonfi e vaporosi. Questo fatto non me la faceva apprezzare in pieno.

Però era molto dolce e sembrava anche molto comprensiva. Una sera che la sala d'aspetto era piena la invitai a passeggiare fuori. Accanto alla stazione c'erano dei giardinetti con delle panchine, una fontana e delle palme nane. Non c'era mai nessuno, specialmente quando era freddo. La gente preferiva il caldo delle sale. Ci accomodammo su una panchina, sempre parlando del più e del meno. Poi lei si girò, mi baciò e mi mise la mano sul cazzo.

Io rimasi interdetto, ma l'amico mio la pensava diversamente e in poco tempo venne su reclamando il suo spazio. Allora mi feci più audace, e le misi una mano sulle cosce. Lei le aprì e andai più a fondo. Le scostai le mutandine e toccai quella che doveva essere la sua topa. Dico doveva, perché non l'avevo mai vista né toccata.

Per inciso a quel tempo le donne non si depilavano la topa e tutte l'avevano pelosa, solo quando veniva l'estate si tagliavano i peli che uscivano dal costume altrimenti la lasciavano com'era. Non come adesso che sembrano tutte delle ostriche andate a male, ma si sa, tutti i gusti sono gusti.

L'istinto mi guidò e le infilai il dito nella fessura. Era tutta umida e il dito non fece nessuno sforzo per entrare. Quando il mio dito le entrò dentro emise un gemito e iniziò a tirarmi giù la chiusura lampo dei jeans con impazienza.

Intanto io continuavo il mio compito diligentemente e lei aveva il fiato sempre più corto. Quando il cazzo uscì fuori dalle mutande lei prese a massaggiarmelo avanti e indietro. Non resistetti molto, tentai di trattenermi ma proprio non ci riuscii. Lo spruzzo del mio sperma arrivò sulle foglie della palma e iniziò a colare. Forse avrebbe concimato la pianta e sarebbero nate tante palmette.

Non so neanch'io come, ma mentre ancora continuavo a godere venne pure la ragazza. Emise un grido strozzato, due o tre sussulti e poi si rilassò sulla mia spalla, sempre tenendomi il cazzo in mano, ma ormai era diventato un cazzettino piccolo. Restammo lì senza parlare, con il respiro che si andava calmando.

Poi mi dette un ultimo bacio e scappò a prendere il suo treno. Mi ricomposi lavandomi nella fontana, il freddo era intenso ma non lo sentivo, il mio cuore pompava tanto di quel sangue che le vene mi bollivano. Mi misi a riflettere su quanto era appena successo, evidentemente lei era più esperta di me e non era la prima volta che faceva quelle cose. Peccato che era mercoledì e che non l'avrei più vista sino al lunedì successivo.

Mi sentivo uomo e mi sentivo invincibile, mi sentivo diverso.

Passarono i giorni e io li contavo in attesa che arrivasse lunedì. Il giorno arrivò ma quella sera lei non venne, così come non venne né il martedì né il mercoledì. Allora non c'erano i cellulari, e sapevo a malapena come si chiamasse, così passata la delusione mi rassegnai. Passò un'altra settimana e fu di nuovo lunedì.

Quella volta c'era, come mi vide mi corse incontro a braccia aperte e mi baciò sulle guance. «Sono stata ammalata, forse il freddo dell'altra sera era più intenso di quello che credevamo. Tu come stai?»

«Io bene, pensavo che ti fosse successo qualcosa ma non sapevo a chi chiedere.»

Prese un foglietto e ci scrisse il suo numero di telefono. Io non avevo il telefono in casa, così le dissi che l'avrei chiamata io in caso di necessità. Senza dire niente ci dirigemmo verso i giardinetti. Questa volta fu più bello e durò molto più a lungo, anche perché durante quei giorni che non l'avevo vista avevo esercitato molto il mio amico e adesso era in forma smagliante.

Quella volta durai talmente tanto che la feci venire due volte. Successe la stessa cosa il giorno dopo e ancora il giorno seguente. Poi ci sarebbe stata la pausa di riflessione.

Il lunedì mi corse incontro come al solito e come al solito andammo ai giardinetti. Però quando fummo seduti e avevo già iniziato ad esplorare le sue gambe mi fermò dicendo che quella sera non si poteva perché aveva le sue cose.

Però quello che fece dopo mi sorprese non poco. Si inginocchiò davanti a me, mi aprì la cerniera lampo e me lo tirò fuori. Lui era pronto, lei si scostò i lunghi capelli e me lo prese in bocca. Quella fu una sensazione diversa dalle volte precedenti, sentivo la bocca calda e umida e mi immaginai che fosse la sua topa. Prese a succhiare e fare avanti e indietro. Non volevo venire ma anche quella volta non ce la feci, mi sentii partire il piacere dalla base del cervello fino ad esplodere nella sua bocca. Pensavo che avrebbe sputato il mio liquido, invece la ragazza lo ingoiò tutto e continuò a leccarmelo. Ad ogni passata rabbrividivo finché fu troppo per me e la scostai. Avevo fatto conoscenza con il signor pompino.

Le altre due sere la scena si ripeté identica, poi la pausa. Ma anche durante la pausa non potevo scordarmi di quelle cose provate e così mi rinchiudevo in bagno e ci davo dentro a più non posso.

Il lunedì successivo andammo di nuovo ai giardinetti, credevo che si sarebbe ripetuto il rituale della prima volta, invece questa volta la ragazza mi salì sulle gambe, mi aprì la patta e si infilò il mio cazzo dentro di sé, poi prese a muoversi emettendo grida sempre più forti, sentivo che stava per venire e mi sussurrò con voce roca «Non mi venire dentro.»

Una parola, pensai, e come faccio? Ma ce la feci, lei venne prima di me, io la attesi, poi all'ultimo momento la scostai e il getto finì nuovamente addosso alla palma.

Continuò così per tutta la durata della scuola finché non arrivarono le vacanze estive. I miei amici mi vedevano con lei, ma non immaginavano cosa ci facessi, io non dissi mai loro cosa ci avevo fatto. Ero innamorato?

No, decisamente no, ma quella ragazza mi aveva iniziato ai piaceri del sesso e di questo le sarò sempre grato. Durante l'estate le telefonai un paio di volte all'inizio e ci accordammo per vederci. Presi il treno, lei mi attendeva alla sua stazione. Io naturalmente pensavo che saremmo andati in qualche posticino appartato, invece lei mi prese da una parte e mi disse che si era fidanzata ufficialmente e che mi aveva fatto venire fin lì per comunicarmelo di persona.

Poi mi baciò e se ne andò. Rimasi in stazione come un salame in attesa del prossimo treno.

Non posso dire che non mi dispiacesse che mi avesse mollato così, ma neanche mi strappai i capelli. Tornai al paese, anzi alla mia campagna, più consapevole di quello che era la vita e di quello che erano le donne.

***

«Ma perché mi racconti tutto questo?»

«Te l'ho raccontato perché tu possa imparare a comportarti la prossima volta.»

«Ma le donne non sono mica tutte uguali.»

«Certo che no, se lo fossero sarebbe un guaio, però i comportamenti sono molto simili, ti ho detto di non interrompere e vai a prendere altre due birre. Prendi i soldi.»

Che vecchio strano, pensai mentre andavo verso il chiosco, sarà tutto vero quello che mi racconta? E perché me lo racconta? Sembra quasi un racconto pornografico, sembrano quasi le mie fantasie raccontate da qualcun altro.

Mentre bevevamo Sandro riprese il racconto.

***

Avevano aperto una piccola sala da ballo in un posto lì vicino, ballavano il sabato sera all'aperto e quella sera decidemmo di andare tutti in quel posto.

In quel periodo avevo molti amici, alcuni erano amici veri, altri pseudo amici. C'era la sorella di uno di questi, intendo di quelli veri, che mi faceva gli occhi dolci e mi stuzzicava continuamente. A me non piaceva particolarmente e poi la consideravo troppo piccola per me. Sentendo gli altri sembrava che la ragazza si desse molto da fare ma io non l'avevo mai vista in atteggiamenti equivoci.

Quella sera la invitai a fare un ballo, lei mi si avvinghiò subito accostandosi più che poteva con il bacino. Non ti nascondo che ero anche in imbarazzo per via del mio amico. Poi non ricordo come mai lui sparì dalla sala, e lei con la voce arrochita dal desiderio mi chiese se la accompagnavo fuori. Quell'atteggiamento così sfacciato mi aveva fatto eccitare.

Così la condussi fuori e al riparo di una casa disabitata cominciammo a baciarci. Sentii subito che non era molto esperta, ma ormai ero lì e non potevo tirarmi indietro. Però avevo anche un senso di rispetto per il mio amico e non tentai neppure di farci l'amore. Le misi un dito dentro la topa e cominciai a massaggiarla. Boccheggiava come un pesce ma non prendeva nessuna iniziativa.

Allora la presi io, me lo cavai fuori, le presi la mano e l'appoggiai sopra. Lo prese come se dovesse strozzarlo e iniziò a farmi una sega. Si vedeva che non l'aveva mai fatto, ma portò bene alla fine il suo compito. Quando venni una parte del mio sperma le finì sulla mano. Quello che le uscì di bocca in quel momento me la fece evitare per il resto dei miei giorni. Non disse niente di particolare, solo «che schifo» ma a me bastò. Quella fu l'unica volta che andai con lei.

Bevve una sorsata, poi riprese a raccontare, a me quelle descrizioni così accurate mi avevano eccitato, non volevo ma era più forte di me, appena fossi tornato a casa avrei dovuto provvedere.

Ci riunivamo, ragazzi e ragazze, presso un piccolo borgo a pochi chilometri dalla mia casa. A quell'epoca avevo una Vespa, tutti avevamo una Vespa. La domenica pomeriggio dopo il mare ci trovavamo tutti lì. Non ti immaginare la folla, forse eravamo dieci in tutto. A quel tempo se stavi con un ragazzo o una ragazza eri considerato fidanzato anche se magari non l'avevi nemmeno mai baciata o baciato.

La più bella di queste ragazze era fidanzata con uno di un borgo vicino, mentre io ero fidanzato con una ragazza del borgo dove abitava quel ragazzo. Con la mia, diciamo, fidanzata, all'inizio ci vedevamo solo nelle case dove si ballava, in seguito ci saremmo visti anche la domenica, ma questa non è una storia importante e la tralascerò.

Fatto sta che questa ragazza era molto innamorata di me, io invece per lei non provavo niente. Devi capire che questi amori non portavano a niente, neanche a scambiarci dei baci, le ragazze erano controllate a vista dai genitori e le uniche occasioni per potersi palpeggiare erano rappresentate dal ballo.

Tu mi dirai, se non ci facevi nulla perché ci stavi insieme? Giusto, ragazzo. Ricorda quello che ti ho detto all'inizio, ognuno appare per come si sente. Tutti i miei amici avevano delle piccole o grandi storie d'amore, io non potevo fare eccezione. Quando questa ragazza mi aveva fatto sapere tramite amici comuni che le piacevo mi ero messo con lei pur non provando niente.

Ricorda, anche se un giorno ti ritroverai da solo, che la solitudine è brutta, ma ricorda anche che la libertà è bella. Devi decidere tu quale tra le due ti sia più cara.

Non te la sto a fare lunga, la più bella ragazza si lasciò con il fidanzato, io lascia la mia e mi misi con lei. Non erano amori evoluti, sempre di muretto si parlava, ancora non l'avevo nemmeno baciata. Capitò una sera che tutti noi decidemmo di andare a cena al mare, dopo aver chiesto il permesso ai genitori.

Un piccolo inciso, altrimenti non capiresti. A quei tempi questo posto non era come lo conosci tu adesso. Le case erano poche, gli abitanti meno e sul mare non c'era assolutamente nulla. Quando andavi nel posto centrale, che era il più affollato, le persone non erano più di trenta, se andavi nei posti meno affollati di persone potevi trovarne cinque se ti andava bene. Se andavi la notte eri solo.

Quella sera il programma era quello di accendere un falò sulla riva, ognuno avrebbe portato qualcosa da mangiare e poi avremmo fatto il bagno. Partimmo con le Vespette e tutto si svolse come programmato. Poi facemmo il bagno, l'acqua era calda ma incuteva timore in quanto era una notte senza luna e non si vedeva ad un metro. Solo il fuoco rischiarava debolmente l'ambiente. Andai vicino a quella che doveva essere la mia fidanzata e facemmo il bagno insieme.

Poi l'abbracciai e finalmente la baciai. Gli altri non ci vedevano, quindi la strinsi forte, lei sentì la mia eccitazione e si strinse di più a me. Le misi una mano sulla coscia e fino a lì stette buona. Poi tentai di arrivare più in altro ma lei mi toglieva la mano, tentai di afferrarle i seni ma lei mi toglieva le mani. Un po' mi stavo spazientendo.

Allora la trascinai fuori e la feci stendere sulla sabbia, indossavo dei bermuda molto attillati, mi stesi prima accanto a lei e poi tentai di salirle sopra. All'inizio non protestò, poi quando iniziò a sentire il mio cazzo eretto che si strusciava sul suo ventre mi disse no, così, semplicemente no. Passammo tutta la sera a baciarci e basta.

La cosa non mi era piaciuta ma comunque ci passai sopra, pensai che non fosse pronta per queste cose, e semmai la stimai di più. Ci passai quasi tutta l'estate insieme, lei andava al mare con la corriera e io la raggiungevo con la Vespa. Ma la spiaggia era troppo affollata per i nostri standard così non potevamo nemmeno baciarci. Restavamo lì a chiacchierare sotto l'ombrellone e poi facevamo il bagno, poi lei a casa sua e io a casa mia.

Un giorno mentre percorrevo una strada tortuosa e piena di curve, ricorda sempre che le strade non erano asfaltate, in una curva particolarmente stretta dove le macchine avevano accumulato un bel mucchio di breccino, la ruota davanti mi si storse per via dei piccoli sassi, non riuscii più a tenere il manubrio e andai fuori strada.

Caddi rovinosamente, ma la sfortuna volle che dove caddi c'era un grosso masso e la mia gamba ci finì proprio sopra. Sentii fare crack, al momento non sentii neanche dolore, ma provai ad alzarmi e non ci riuscii. Rimasi steso in quella posizione per almeno un'ora. Poi arrivò il dolore, acuto e intenso, e svenni. Mi soccorse una macchina di passaggio che mi portò in ospedale. Mi dovettero operare. Mi trovai sul letto con la gamba ingessata e varie escoriazione in tutto il corpo.

Gli amici venivano a farmi visita ma le giornate non passavano mai. Avevo una piccola radio a transistor. A quei tempi non c'erano le radio private, solo i canali RAI e per fortuna Radio Montecarlo, passavo le mie giornate ascoltando musica in attesa del passo e dei cibi.

Lei non venne mai a trovarmi, un giorno un mio amico, forse il più caro, entrò all'ora del passo. Vidi subito che era in imbarazzo, ma non potevo sapere il perché. Poi mi disse che era latore di un messaggio da parte di lei.

Mi lasciava perché si era messa con un altro. Ora non è che fossi tanto innamorato di lei né mi piaceva in modo particolare, ma sentirsi traditi così in un momento come quello me la fece odiare e mi fece odiare tutte le donne in generale. Mi ripromisi che avrei cercato di scoparmele tutte senza guardare in faccia a nessuna di loro.

Uscii il giorno dopo, avevo sempre la gamba ingessata e quindi non mi potevo muovere. Dopo pochi giorni avrei dovuto togliermi il gesso e avrei potuto riprendere la vita normale... pensavo io, ma non fu così.

Mi tolsero il gesso ma non riuscivo ad appoggiare la gamba, mi dissero che era normale perché mi ero lesionato un tendine e ci avrei messo parecchio tempo a riacquistarne l'uso. Mi rassegnai, che altro potevo fare? Quando iniziai a poter appoggiare la gamba a terra dovevo aiutarmi con un bastone.

Gli altri giocavano a pallone e io guardavo, giocavano a pallavolo e io guardavo, facevano i tuffi e io guardavo. Un giorno a uno di loro venne un'idea che ripensandoci adesso non esiterei a dire geniale. Buttò lì l'idea di ballare in mezzo ai cespugli di macchia mediterranea. Si armò di un mangiadischi con i più recenti 45 giri e trovammo uno spiazzo abbastanza grande per ballare. Naturalmente sai cos'è un mangiadischi?

Eravamo una decina tra uomini e donne, a me capitò una di Roma che mi arrivava sì e no al petto. Cominciammo a ballare sulla sabbia calda, ora non so se tu hai mai provato a stringere una ragazza con il costume, è come se né tu né lei aveste niente addosso.

Io cominciai a ballare con la tipa, aveva un paio di seni grandi che mi arrivavano allo stomaco e che le facevano da respingenti, quindi per avvicinarsi con il bacino doveva sforzarsi. Come sentì il mio cazzo gonfiarsi non capì più niente, iniziò a baciarmi a lingua piena.

Mi dava certi baci che mi staccavano la lingua. Poi si strofinava con il bacino e con i seni, io chiaramente zoppicavo, ma quel tipo di ballo riuscivo ancora a farlo benissimo. Iniziò a soffiare come un serpente, la guardavo e aveva le pupille degli occhi rovesciate. Facevo fatica a baciarla perché dovevo abbassarmi troppo.

Gli altri ci guardavano imbarazzati. Mi accorsi dei loro sguardi, allora la trascinai lontano in un posto ombroso, la adagiai sulla sabbia, le tolsi il costume e il reggiseno. Non avevo mai visto dei seni così grandi, con il senno di poi direi che aveva una quinta misura, aveva i capezzoli neri e completamente eretti per l'eccitazione, però aveva anche dei peli intorno che non mi fecero piacere.

La penetrai e lei lanciò un urlo mostruoso, sembrava l'ululato di un cane che abbaia alla luna. Mi accorsi che era vergine. Se non ricordo male venne cinque volte prima che venissi io. Ero diventato piuttosto bravo nel trattenermi, ma quella volta venni appena potei, anche perché il caldo mi stava distruggendo e nonostante il mio impegno nullo lei era venuta tutte quelle volte.

Non era bella nel senso classico della parola ma era affascinante, peccato però che fosse davvero troppo piccola di statura, almeno rispetto a me.

Ci passai tutta l'estate insieme dovendo far fronte alle prese in giro degli amici, il suo nome era diventato Poppea, invece si chiamava Carla, ma se i miei amici l'avessero saputa tutta il nome più appropriato sarebbe stato Messalina. Infatti la tipa era una vera e propria ninfomane. Ognuno di noi quando è giovane sogna di incontrarne una, ma poi se la incontri davvero capisci presto che non puoi reggere i suoi ritmi.

Questa ragazza era insaziabile, voleva farlo più volte al giorno, anche quattro o cinque, e ogni volta che lo facevamo lei veniva minimo cinque volte. Una volta contai dieci orgasmi. Come facesse a resistere, questo me lo devo ancora spiegare. Poi volle provare tutto, e quando ti dico tutto, credimi, intendo tutto. Quando andò via non era più vergine da nessuna parte.

Io intanto deperivo a vista d'occhio, tanto che mia madre si preoccupò non poco del mio aspetto smunto e delle occhiaie. Allora mi portò da un medico, il quale mi diagnosticò un deperimento organico e mi imbottì di vitamine, non ultimo l'olio di fegato di merluzzo che faceva veramente schifo.

Ci trovavamo al mare, io sempre con il bastone e lei con quel seno enorme e mi portava subito dietro ai cespugli. Ormai ero allenato e avrei potuto resistere a lungo, ma non lo facevo tanto sarebbe stato inutile, quindi cercavo di soddisfarla (parola grossa) e poi venivo.

Al mare c'era anche la mia ex. Ogni volta che mi vedeva con Carla vedevo che rosicava e per me era una grande soddisfazione. Tentò anche un approccio tramite un'amica comune. Per un po' pensai che se la scopavo era meglio, ma poi ricordando quello che aveva fatto e quanto mi aveva fatto star male decisi che non meritava neanche la mia attenzione.

Finalmente Carla se ne andò e io ripresi a respirare, avevo perso diversi chili e mi ripromisi di non toccare più una donna per parecchio tempo.

Ti ho raccontato questo per farti capire che allora era così, trovavi quelle normali e con loro non c'era verso di farci nulla se non sposarle, e poi trovavi quelle come Carla e ci facevi quello che volevi. Ma non erano numerose, erano eccezioni, quindi la maggior parte dell'anno dovevi arrangiarti da solo. Non devi pensare che io sia un donnaiolo, anzi ero piuttosto timido con le donne, però piacevo e questo era sufficiente.

Ti ho raccontato queste cose anche per farti capire che non c'è una donna uguale all'altra, ognuna ha le sue peculiarità. Insomma sono esattamente come noi. Quindi non pensare mai di essere superiore a loro perché non è vero. Impara a rispettarle e loro faranno altrettanto. Le devi vedere come vedresti un amico, anche se hanno un sesso diverso dal nostro. Se ti comporterai così avrai i loro favori, altrimenti ti eviteranno.

Capitolo 5

Per strada provai a chiamare Luce al cellulare, mi rispose al primo squillo. Mi disse che suo padre era voluto partire e che erano andati in montagna. Mi promise che ci saremmo sentiti almeno una volta al giorno.

Fui rasserenato da quella telefonata, le mie certezze, che erano diventate incertezze, si rafforzarono e il mio umore migliorò notevolmente. Le donne avevano una potenza inimmaginabile dentro di loro.

***

Ripensai alle parole di Sandro, mi aveva fatto un racconto quasi pornografico, come avrei fatto a metterlo per scritto senza essere volgare? Poi ripensai a *50 sfumature di grigio* che non solo era pornografico ma era anche poco credibile e questa paura mi passò.

Adesso mi rivolgo a voi lettori, che siete i soli giudici, sono stato costretto a descrivere delle scene scabrose e forse qualcuno di voi più suscettibile di altri sarà rimasto disgustato. Ma queste cose accadono normalmente tutti i giorni tra uomini e donne, e non mi dite che voi non le avete mai fatte perché non ci credo. Ma se per caso fosse vero quello che affermate allora siete voi che non siete normali, non io che semplicemente descrivo i fatti.

Avrei potuto chiamare il cazzo in modo diverso, che so… pisello, minchia, e chi più ne ha più ne metta, ma il significato sempre quello sarebbe. Quindi se fino ad ora non vi è piaciuto o vi ha dato fastidio il mio consiglio è quello di smettere di leggere adesso, se invece un po' vi piace continuate fiduciosi.

***

Senza Luce, non la canzone, intendo dire senza quella ragazza, mi annoiavo. Per fortuna i miei amici erano rientrati e la sera riformammo la vecchia comitiva, compresa Elisabetta. Ripensando alle parole di Sandro circa la ragazza che l'aveva lasciato, decisi di usare lo stesso metro con lei, non cercare vendetta ma darle indifferenza, mi sembra che ci sia anche una canzone con queste parole, ma adesso non ricordo quale.

Nel gruppo non c'erano ragazze che mi piacessero eccetto naturalmente Elisabetta, quindi me ne stavo quieto, tranquillo e rilassato, le sere passavano tutte uguali, con Luce ci sentivamo, ma sempre meno. Elisabetta mi faceva gli occhi dolci ma io resistevo senza sforzo.

L'equilibrio si ruppe una sera mentre eravamo in pizzeria. Si presentò al tavolo una ragazza, mora e con i capelli tutti ricci, la voce roca era affascinante, si diresse verso Umberto e la sua ragazza Valeria. Si abbracciarono scambiandosi baci e abbracci. Poi Umberto la presentò agli altri: «Questa è mia cugina Patrizia e viene da Roma, si fermerà da noi per tutto il mese e forse oltre.»

Tutti risposero con un ciao e tornammo ai nostri pasti.

Noi abitiamo in un posto turistico, quindi vediamo persone di tutte le razze, non crediate che per noi siano tutte uguali le ragazze. Al primo posto metterei le straniere, hanno un fascino particolare per noi che tutto sommato sempre campagnoli siamo, anche se con il turismo ci siamo emancipati. Poi metterei le milanesi e le romane. Quelle vengono dalla città e senza dubbio ne sanno più di noi. Più giù tutte le altre. Con questo non voglio dire che se una ragazza viene dalla campagna come noi è meno appetibile delle altre, dico solo che il suo fascino è minore. Ma forse siamo noi che siamo dei minorati.

Questa distinzione è fatta in base all'esperienza, se cucchi una straniera il tuo prestigio aumenta in modo vertiginoso agli occhi degli altri ragazzi, il prestigio diviene buono se vai con una milanese o romana mentre tutto il resto è discreto. In base a questa classifica puramente empirica ognuno di noi ha il suo prestigio nella società dei giovani.

Non è che la ragazza mi avesse colpito particolarmente, era carina, mi piaceva, ma niente di più; aveva poco seno, in compenso un bel viso incastonato in quei capelli che sembravano fili di ferro da quanto erano ricci e un bel paio di occhi neri come la pece. Poi Umberto lanciò l'idea: «Domani sera tutti da me a giocare a bestia e sette e mezzo.»

Tutti risposero con dei gridi e dei sì, io non è che fossi particolarmente felice di andare a giocare a carte, anche perché faceva ancora caldo e al chiuso si stava male. Ma che dovevo fare ? Così la sera dopo andai pure io. Mi ritrovai vicino a Patrizia, un caso? Forse, ma avevo imparato bene la lezione. Le donne non facevano mai niente per caso. Comunque ci parlavo ma non davo ad intenderle il minimo interesse nei suoi confronti.

Quel giorno avevo saltato l'appuntamento con Sandro, quindi il pomeriggio lo passai in casa girellando e guardando la TV nella mia cameretta. Ogni tanto andavo al frigo e prendevo qualcosa da mangiare. Mia madre era indaffarata a preparare la cena.

In una delle mie scorribande gastronomiche presso il frigo la intravidi che era inginocchiata presso il suo letto con un rosario in mano. Pregava.

Pregava? Io non l'avevo mai vista pregare, cosa stava succedendo in quella casa? Che mio padre stesse male? Forse gli avevano diagnosticato qualcosa e la mamma pregava per lui. A me non sembrava che stesse male, forse non era più allegro come prima, non era più scherzoso, ma tutto sommato mi sembrava che stesse bene. Forse era mia nonna Carolina la persona ammalata? Era qualche giorno che la dovevo vedere, ma quando ero stato da lei non mi era sembrata in cattiva salute. Però qualcosa c'era che non andava, dovevo sapere.

Decisi che quel giorno prima di andare da Sandro sarei passato dalla nonna. Uscii prima per passare da lei. Suonai il campanello, mi aprì e come al solito mi accolse a braccia aperte riempiendomi di baci. Mi sembrava in perfetta forma e anche di buonumore, rimediai anche una mancetta che mi avrebbe fatto molto comodo.

Poi andai da Sandro.

****

Mi aspettava seduto sulla solita panca, aveva indosso i soliti vestiti, pensandoci bene l'avevo visto sempre vestito così, ma non si cambiava mai? Eppure sembrava sempre pulito e in ordine, emanava un gradevole odore di sapone di Marsiglia che dava proprio un senso di pulito. Però gli abiti erano gli stessi di quando l'avevo visto la prima volta al bar. Sarebbe stato indelicato chiedergli una simile cosa così la dimenticai in fretta.

«Buonasera ometto» mi salutò sorridendo.

«Ciao Sandro, di cosa parliamo oggi?»

«Devo continuare il mio racconto o vuoi parlare di qualcos'altro?»

«Se devo scrivere il libro devi continuare il racconto, non ho tanto materiale a disposizione, quindi devi continuare.»

«Va bene, riprendo da un episodio che mi capitò con un'altra ragazza, tanto per farti capire che ogni situazione è diversa dalle altre e ogni ragazza è diversa dalle altre.»

***

Il giorno dopo era il mio compleanno, ma non lo festeggiavo il giorno stesso, l'avrei fatto il sabato insieme a tutti gli amici, però mia madre voleva che la tradizione fosse rispettata e aveva comunque fatto una torta.

Era un giorno infrasettimanale, mi avevano rimandato in matematica, e quel pomeriggio stavo ripassando degli esercizi che mi aveva dato il prete del paese. Andavo a ripetizione da lui per essere pronto per settembre. Mattina mare, pomeriggio studio e sera a zonzo con gli amici.

Sentii suonare una macchina sotto casa, mia madre si affacciò al balcone e sentii che parlava, disse agli ospiti di salire. Poco dopo vennero in casa tre persone, Massimo, Simonetta e Nadia. Non ti ho parlato di questa gente nella prima parte del racconto, quindi te li descriverò adesso.

Massimo e Simonetta erano due amici miei, lui più grande di me e lei poco più giovane, fidanzati da sempre. Lui aveva già la patente e anche la macchina. Era lui che d'inverno faceva da taxi nei nostri giri. Nadia invece l'avevo conosciuta una sera a casa loro, eravamo intorno a Natale e ci avevano invitati tutti a giocare a carte per passare le feste. Quella sera avevano fatto le castagnole e il vino dolce.

Mi ritrovai la ragazza di fronte, era una loro cugina e veniva da Roma. Non mi colpì in modo particolare, era piacente, aveva poco seno, una massa di capelli ricci come le persone di colore e un bel paio di occhi neri come la pece. Notai subito che mi squadrava di sottecchi e io facevo lo stesso.

"Ma io questa situazione l'ho già vissuta, non si chiama Nadia ma la descrizione corrisponde, forse mi sto confondendo con tutti questi nomi" pensai tra me.

Ci ritrovammo il sabato al cinema sempre loro tre e io, chissà come mai, mi ritrovai a sedere con la ragazza di fianco.

La rividi diverse volte per quelle feste, ci conoscemmo. Una sera mi feci dare le chiavi della macchina di Massimo e ci mettemmo in macchina. La baciai e tentai le solite manovre, provando per prima cosa il seno, ma lei mi toglieva le mani, quindi non insistetti più di tanto. Poi le vacanze terminarono e lei tornò a casa, salvo poi tornare per le vacanze estive.

Considera che in questo periodo di tempo non l'avevo più sentita né vista.

Io li accolsi con i soliti baci e le solite frasi di circostanza. Mia madre lì invitò a mangiare la torta, poi stappò una bottiglia di spumante e festeggiammo tutti insieme il mio compleanno.

Erano venuti a prendermi per andare al mare, così tutti insieme con la macchina di Massimo raggiungemmo una delle spiagge più isolate.

Loro due si dileguarono subito sparendo tra i cespugli, io e Nadia rimanemmo a parlare in riva al mare. Anche se ci eravamo scambiati dei baci dovevamo ricreare quella confidenza che era sparita in quei mesi.

Parlammo sulla spiaggia, poi non vedendo tornare i nostri amici decidemmo di andare a cercarli e ci addentrammo nella macchia mediterranea.

C'era un grande cespuglio, lo aggirammo e ci si presentò davanti la scena di loro due che facevano l'amore. Lui stava sopra, nella classica posizione. Non si accorsero di noi e per non disturbarli girammo i tacchi. Quel giorno al mare si stava male perché c'era molto vento e ci sedemmo al riparo di un grande ginepro e cominciammo a baciarci.

Avevamo entrambi il costume, riuscii a toglierle il reggiseno, ma gli slip non se li volle togliere. Io salii sopra di lei con il mio amico eretto e tentai di spostarle l'elastico delle mutandine, lei acconsentiva ma non voleva togliersi il costume.

Per fartela breve non riuscii a scoparla. Ogni volta che tentavo di metterlo l'elastico me lo segava. Non capii mai perché fece quella scelta. Dopo quella volta non ci vedemmo mai più.

La mia vita continuava con questi ritmi blandi, a scuola non ero proprio un fulmine di guerra ma me la cavavo, le ragazze andavano e venivano ma nessuna era importante. Avevo ormai superato la fase del "basta che respiri", anzi ero diventato molto selettivo e se una ragazza non mi piaceva non tentavo neppure di parlaci.

Riprese la scuola e come al solito prendevo il treno la mattina. Quell'anno, come d'altronde tutti gli anni, c'erano ragazze nuove che affrontavano il primo anno. Per noi erano territorio di caccia e aspettavamo con ansia di vedere le nuove leve farsi avanti timide e impacciate.

Quell'anno tra i viaggiatori nuovi ci fu anche un omosessuale, lavorava in una boutique della città, non era il classico omosessuale sfacciato o con atteggiamenti troppo femminili, ma tutti sapevamo quali fossero i suoi gusti.

Non lo trattavamo né bene né male ma come uno di noi, lui all'inizio era molto timido e anche reticente a fare amicizia, con il tempo imparò a non temerci e si aprì di più con noi. In particolare si aprì con me.

Sarà capitato anche a te di avere degli amici o dei conoscenti gay, avrai notato che sono sempre circondati da donne. Lui non faceva eccezione e aveva una bella cerchia di amiche donne.

Fra queste ce n'era una che mi incuriosiva particolarmente. Non era bella nel senso classico della parola, adesso mi dirai che non c'era proprio nessuna che mi piacesse. Non è vero, mi piacevano quasi tutte, ma non c'era una che si elevasse sopra le altre. Questa ragazza era molto magra, ai miei occhi però la sua faccia mi ispirava delle fantasie strane. Me la immaginavo come una donna di quarant'anni austera, ma di anni ne aveva solo sedici.

In quel periodo spopolava un film intitolato *Anonimo Veneziano* di Enrico Maria Salerno. Era interpretato da Tony Musante e Florinda Bolkan e narrava le vicende di un musicista in punto di morte e della moglie, ma lasciamo stare la trama.

Devi sapere che io apprezzavo molto in quel periodo l'attrice brasiliana, aveva un tipo di bellezza che mi colpiva, per fartela breve mi piaceva molto. Non che questa ragazza avesse molto di lei ma me la ricordava e per questo mi incuriosiva.

Non ero talmente interessato da farmi avanti, e poi come ti ho detto ero timido, proprio come te, ma specialmente quando prendevo il treno del ritorno la cercavo e facevo in modo di trovarmi nella stessa sua carrozza, poi facevo in modo di sedermi da dove la potessi vedere e la guardavo insistentemente.

Lei se ne accorse e ricambiava i miei sguardi, ma si vedeva che era molto timida pure lei. Poi successe che la mattina all'andata fu lei che iniziò a cercare me, si sedeva nella carrozza dove ero io, e se non c'erano posti a sedere rimaneva in piedi. Così proseguì per un po' di tempo, io non abbastanza motivato da farmi avanti e lei troppo timida.

Poi per merito di un comune amico un giorno uscimmo in quattro per andare a ballare. A quei tempi la domenica pomeriggio andavamo a ballare. Uscimmo io, lei, il mio amico e un'altra ragazza. Il locale scelto, che era anche l'unico, era una discoteca dell'epoca, molto buia dentro, con dei separé e delle poltroncine.

Ci sedemmo, ci conoscemmo, ballammo e poi la baciai. Si vedeva che era inesperta, però mi lasciò fare e le mie mani arrivarono alla sua topa, era fradicia ancora prima di toccarla. Pomiciammo su quelle poltroncine ma non potevo spingermi oltre. Così la domenica dopo invece che a ballare la portai al mare in pineta.

Dietro alle dune la spogliai tutta e mi fece una sega, poi stavo per prenderla quando mi guardò con degli occhi che sembravano quelli di una cerbiatta impaurita e mi disse: «Cosa fai? Ho solo sedici anni.»

Che tu ci creda o no mi fermai e non la presi, sono sicuro che se avessi insistito avrebbe ceduto subito, ma la mia coscienza mi disse che non dovevo farlo e non lo feci.

***

A questo punto lo interruppi. «Scusami Sandro, ma perché mi racconti tutte queste avventure amorose? Avrai avuto altre ragazze nella tua vita, non posso mica scrivere un libro su di te che si basi solo sui tuoi amori, a me serve altro per scrivere. Mi devi raccontare anche altri tipi di esperienze, non ti pare?»

«Hai ragione ragazzo, ma non era mia intenzione annoiarti con i miei racconti di ragazze, la mia storia da ora in poi sarà molto diversa. Volevo farti solo capire la forza delle donne, o del sesso o dell'amore, vedi tu qual è la tua definizione appropriata. È un richiamo forte, che ti mantiene in vita e qualche volte ti richiama anche dalla morte. Io so che tu lo senti molto forte, e all'età che hai adesso questa è la pulsione più grande di tutte, allora falla funzionare, sforzati, combatti, metti in pratica i miei consigli e ogni volta che ti troverai ad affrontare una situazione nuova ricordati di me, l'avrò già affrontata io e tu avrai la soluzione a portata di mano. Ogni situazione che tu vivrai io l'avrò già vissuta e tu aspirerai avidamente da me.

In questo momento della tua vita il sesso viene al primo posto, è quello che desideri di più ed è quello che può darti la spinta.

Da adesso in poi il racconto non prevederà più ragazze intese come sesso, ora ti racconterò i dolori e le difficoltà. Devi capire che tutti abbiamo un periodo di spensieratezza nella vita, questo periodo si chiama adolescenza. Peccato che questo periodo così bello e fruttuoso sia sciupato dalle nostre paure tipiche di quell'età. Pensa come sarebbe bello essere adolescenti avendo l'esperienza degli uomini adulti.

Passata questa età la vita ci riserverà ancora tante gioie, ma saranno gioie di tipo diverso e più che altro ci riserverà dei dolori. Adesso tu non ci pensi, e fai bene a non pensarci, ma rifletti un momento… Le persone a te più care una alla volta spariranno dalla tua vita, pensa al dolore che si può provare nella perdita di un padre o di una madre. Tu non contempli questa possibilità, ma prima o poi accadrà, le nostre vite avranno più dolori che gioie, è così per tutti, e né tu né io siamo diversi.»

Queste sue ultime parole mi fecero riflettere molto, in altre parole mi consigliava di seguire le pulsioni tipiche dell'adolescenza perché dopo sarebbero stati solo dolori e poche gioie. Se però devo essere sincero non capii il concetto fino in fondo, che bisogno c'era di raccontarmi i particolari, non vi nascondo che un po' mi aveva anche fatto eccitare con i suoi resoconti così dettagliati, sembrava quasi che volesse stimolarmi con questi racconti, ma io ero già abbastanza stimolato per conto mio.

Lo sapete tutti, cari lettori, che quando si è giovani siamo protetti da una specie di corazza mentale: ci sentiamo invulnerabili, noi non ci ammaleremo mai, i mali orrendi verranno sempre agli altri, impossibile che vengano a noi.

Questa corazza ci protegge, ma a volte ci fa commettere delle sciocchezze che un uomo adulto non commetterebbe mai. È la nostra prerogativa, solo che da giovani non ce ne rendiamo conto e non apprezziamo.

Mi diressi verso casa e mi venne in mente Patrizia, la situazione era simile a quella vissuta da Sandro con Nadia. Senza farmi sentire uno studentello mi aveva insegnato come comportarmi.

La sera a cena eravamo tutti riuniti, compresa mia nonna. Mangiavo ma di nascosto li scrutavo e vedevo che in effetti qualcosa che non andava c'era. Cosa fosse non lo sapevo ma erano tutti tristi e abbattuti. In quella casa si era sempre riso molto, ma adesso non si rideva più. E pensare che fino alle parole di Sandro io non me ne ero mai accorto.

Quella sera dovevamo trovarci tutti al pub, così uscii per raggiungere gli amici presso quello che era il nostro locale di ritrovo anche d'inverno. Quando ci riunivamo nel locale le birre andavano e venivano. Il locale era fatto tipo pub inglese, tutto legno e boccali che pendevano dai porta bicchieri sospesi sul bancone. Il proprietario, un certo Marco, si mormorava fosse stato nella legione straniera. Era tutto tatuato ma non significava niente, molti dei miei amici avevano dei tatuaggi da tutte le parti, praticamente tutti tranne me.

A me non piacevano, ci avevo pensato qualche volta di farmene uno tanto per non essere troppo diverso dagli altri, ma poi mi ero detto che proprio non facevano per me. L'idea di farmi un disegno che sarebbe rimasto per tutta la mia vita sulle mie braccia o sulle mie gambe non mi sorrideva per niente.

Venivo anche preso in giro per questo ma non me la prendevo. Noi ragazzi eravamo come i lupi, che devono avere tutti lo stesso odore altrimenti non sono riconosciuti dal branco. Anche noi dovevamo avere i nostri segni di riconoscimento, in quel periodo erano i tatuaggi o i piercing, poco prima erano stati gli orecchini e ancora prima, al tempo di Sandro, i capelli lunghi. Pensandoci bene eravamo proprio stupidi, io senza tatuaggi mi distinguevo meglio degli altri, ero diverso e quindi più interessante. Chissà se avrei ragionato così se non avessi conosciuto quell'uomo.

Arrivai leggermente in ritardo, c'erano tutti compresa Patrizia. Qualcuno si era già scolato un paio di bicchieri. Anche questa mania di bere alcol fino ad abbrutirsi non la capivo, io bevevo perché mi piaceva, ma oltre un certo limite non andavo. Qualcuno di loro invece beveva fino a non connettere più. Per fortuna nel mio gruppo c'era solo qualche spinellatore ma nessuno che si facesse in modo pesante. Ma anche quella cosa della droga non la capivo e non l'approvavo.

Forse direte che sono proprio un bigotto, vi devo confessare che qualche volta l'ho pensato anche io, forse l'epoca nella quale sono nato non era quella giusta per me, forse dovevo nascere quando è nato Sandro. Mi sarebbe piaciuto partecipare a quelle ribellioni collettive tanto di moda in quegli anni. Ma sono nato in questa di epoca, che poi detto tra noi non è mica tanto male.

Forse ero fuori contesto io? O forse più prosaicamente era l'adolescenza che incombeva con le sue paure e insicurezze, io grazie a Sandro da questo punto di vista ero più sereno.

Mi accomodai accolto da un applauso e ordinai una birra. Era un applauso ironico per dirmi che finalmente mi ero degnato di arrivare. Indovinate dove mi avevano lasciato il posto? Avete indovinato, vicino a Patrizia.

Mentre bevevo li osservavo tutti uno per uno. Erano i miei amici, conoscevo i pregi e le debolezze di ognuno di loro, eravamo cresciuti insieme. Io però ero diverso, mi sentivo diverso, più maturo, più grande. Mi soffermai sul volto di Massimo.

Non era il solito Massimo che conoscevo, spavaldo e sempre sorridente. Era taciturno e non sorrideva, teneva la mano di Elisabetta. Mi guardò e vidi i suoi occhi diretti nei miei. Mi spaventai. Aveva i bulbi oculari di un bianco spaventoso, e guardandolo bene in faccia anche questa era molto pallida. Sembrava soffrisse, anche la birra non l'aveva bevuta. In un altro momento non ci avrei fatto caso o non gli avrei dato molta importanza. Ma adesso non ero più il Mario imbranato che faticava a farsi notare e non era accettato né dagli amici né dalle donne, adesso forse ero il leader del gruppo pur senza volerlo. La mia trasformazione proseguiva e la mia persona acquisiva sempre maggiore autorità presso di loro.

«Massimo, vieni un attimo fuori, ti devo parlare.»

Il mio amico si alzò, e anche in quei pochi gesti percepii la sua sofferenza. Cosa gli era successo?

Andammo fuori e ci sedemmo in un dondolo sponsorizzato da una marca di gelati. Mi accesi una sigaretta e la offrii anche a lui, che rifiutò.

«Massimo ti vedo strano, cosa c'è? A me puoi dirlo» gli chiesi improvvisamente.

«Non sto bene» rispose semplicemente lui.

«Cosa significa non sto bene? Ti fa male qualcosa, hai qualche problema tu oppure in famiglia? Hai una faccia da far paura…»

«Niente di tutto questo, mi sento dentro un malessere strano, non so neanche io bene cosa abbia.»

«Da quanto dura?»

Mi spiegò che era almeno un mese che non si sentiva benissimo, ma all'inizio non ci aveva dato peso, il malessere però era andato peggiorando.

«Ma ti sei fatto vedere da qualcuno? Lo hai detto ai tuoi?»

«Ho paura Mario, ho paura.»

«Sei un coglione Massimo, un coglione ma di quelli grossi, domani mi devi promettere che vai dal medico. Guarda che se non lo fai telefono a tua madre e le dico tutto. Siamo intesi?»

Mi rispose di sì con la testa. Restammo in silenzio, io finii la mia sigaretta poi gli dissi di rientrare e mi alzai dal dondolo. Lui non ce la fece e si accasciò riverso sul cuscino. Tentai di rianimarlo dandogli degli schiaffetti sulle guance ma non reagì. Allora entrai di corsa dentro il locale e mi feci dare dell'acqua fredda, mentre uscivo avvertii gli altri.

Gli bagnai la fronte, i polsi e le guance, intorno a noi il silenzio. Erano tutti in cerchio dietro di me, Elisabetta piangeva sommessamente. Gli ascoltai il respiro, era regolare, gli presi il polso, i battiti erano tenui e molto lenti ma c'erano.

«Qualcuno chiami il 118, presto. E qualcuno chiami i suoi genitori.»

Massimo riaprì gli occhi e si guardò introno stupito. «Cosa mi è successo?»

«Niente di grave, non temere, hai avuto un mancamento, con questo caldo anche a me a volte mi gira la testa» mentii sapendo di mentire e sapendo che anche lui non ci avrebbe creduto.

Ero veramente preoccupato per lui, non l'avevo mai visto così pallido, quasi esangue. Sperai dentro di me che fosse una sciocchezza, ma temevo il responso dei medici. Erano iniziati i dispiaceri, come mi aveva detto Sandro.

Arrivò l'ambulanza a sirene spiegate e subito dopo i genitori che erano i più spaventati. Un medico si chinò sul mio amico auscultando il cuore e sollevandogli le palpebre.

«Emorragia in corso» sentenziò. Poi rivolgendosi a noi e ai genitori in particolare disse: «Qualcuno conosce il gruppo sanguigno del ragazzo?»

La madre di Massimo rispose per prima: «Mio figlio ha il gruppo A-.»

«Cazzo!» scappò detto al medico.

Io a quel tempo di sangue non conoscevo nulla, adesso invece so tutto, sapevo solo il mio di gruppo che era molto raro, io avevo lo 0- che era un sangue prezioso, ma questo lo scoprii solo dopo.

Il medico si rivolse agli altri ragazzi. «Chi di voi conosce il proprio gruppo?»

Qualcuno rispose e qualcun altro no, ma nessuno di loro aveva quel tipo di sangue. Allora il medico si rivolse ai miei amici.

«Il vostro amico ha bisogno urgente di una trasfusione, se non sapete che sangue avete basta che facciamo un piccolo prelievo ad ognuno di voi. Il sangue del vostro amico è molto raro e non so se in ospedale ne abbiamo a sufficienza». Poi rivolgendosi a me: «Lei invece venga con noi, il suo sangue ci serve.»

Seguimmo tutti l'ambulanza fino a un certo punto, la città era lontana, non potevamo andare con le Vespette, io salii con i genitori di Massimo insieme ad Elisabetta, gli altri si sarebbero organizzati in modo diverso.

Per tutto il viaggio la ragazza non si staccò dal mio braccio, la sentivo che tremava anche se non piangeva. Chi piangeva invece era la madre di Massimo, praticamente pianse tutto il viaggio.

Arrivammo all'ospedale e lo portarono subito al pronto soccorso, mi fecero accomodare su un lettino dove un'infermiera mi piantò un ago nel braccio e iniziò a prelevarmi il sangue. Quando ebbi finito il prelievo, l'infermiera mi disse: «Adesso beva molto e mangi qualcosa.»

I genitori del mio amico non si vedevano, i miei amici nemmeno e neanche Elisabetta era in vista. Allora mi diressi verso il bar dell'ospedale, dovevo bere e allora mi presi una birra, consapevole che magari avrei fatto meglio a bere acqua, e già che c'ero presi pure un panino con il prosciutto. Mi diressi fuori e mi sedetti su una panchina, mangiai bevvi e poi fumai una sigaretta.

Poi mi prese una gran sonnolenza e mi addormentai.

Mi risvegliò qualcuno che mi scuoteva una spalla, era Umberto con l'inseparabile fidanzata. «Ti stavamo tutti cercando, ma non hai avvertito a casa?»

Mi ero completamente dimenticato, erano le due di notte, avevo dormito tre ore.

«Chiamali che stanno in pensiero» mi disse lui.

Così feci, mia madre era davvero in pensiero, la rassicurai per quello che potevo e le dissi che avrei aspettato notizie di Massimo e di non aspettarmi. Poi raggiunsi gli altri amici, c'erano tutti eccetto i genitori ed Elisabetta. Aspettammo sulle scomode poltroncine della sala di attesa del pronto soccorso.

Era un continuo viavai di gente e di ambulanze, chi si era rotto un braccio, chi si era scottato, chi aveva la febbre e così via. Per fortuna però non arrivò nessun reduce da incidente stradale.

Mi riaddormentai come un sasso. Mi risvegliarono gli amici, i genitori erano finalmente usciti. La madre piangeva ancora, mentre il padre aveva un'espressione cupa in viso, sembrava pronto a sbranare chiunque gli avesse rivolto la parola. Quindi nessuno gli chiese niente. A parlare fu Elisabetta.

«Massimo sta molto male, gli hanno diagnosticato una leucemia, adesso gli stanno facendo delle trasfusioni di sangue, aveva i globuli quasi a zero.»

Restammo tutti sgomenti da questa notizia, nessuno parlava. La nostra gioventù, la nostra spensieratezza era andata in frantumi. Mi tornarono alla mente le parole del vecchio. Aveva ragione lui, non siamo immortali e nemmeno invincibili.

Poi uscì un medico e venne verso di noi, ci radunò e disse le parole che non mi scorderò mai. «Il vostro amico ha una leucemia fulminante, dubitiamo di riuscire a salvarlo. L'unica speranza per lui è un trapianto di midollo osseo. Il problema è trovare un donatore compatibile. Forse il padre o la madre, ma non è detto. Voi volete partecipare al prelievo per vedere se qualcuno di voi è compatibile? Per inciso, qui ci sono i vostri gruppi sanguigni.»

Consegnò dei fogli a tutti gli amici meno che a me che già lo conoscevo. Nessuno di loro aveva un sangue compatibile con Massimo, ma forse sarebbe stato diverso con il midollo?

«Tornate domani a digiuno e vi faremo il prelievo.»

Me ne tornai a casa cupo come cupi erano tutti gli altri, non servivano le parole, avevo solo interrogativi in mente. Perché doveva succedere ad un ragazzo nel pieno della sua gioventù, perché a lui e non a un altro?

Andai a dormire con questi interrogativi irrisolti e che sarebbero rimasti irrisolti.

La mattina dopo mi svegliai ancora debole e vidi ancora mia madre che pregava di fronte al quadro che aveva sul letto. Forse pregava per Massimo. Dovevo ricordarmi di avvertire Sandro che quel giorno non sarei andato, ma mi resi conto che non mi aveva mai dato il suo numero di cellulare. Anzi non l'avevo mai visto con un cellulare in mano.

Improvvisamente mi sembrò tutto futile e inutile. La mia voglia di scrivere il libro, Sandro, le ragazze, la vita stupida che avevo condotto fino ad allora, le mie paure, tutto mi sembrò insignificante.

Ci eravamo organizzati per raggiungere l'ospedale con varie macchine. Arrivammo e chiedemmo subito di poter visitare il nostro amico. Ci dissero che per quel giorno non sarebbe stato possibile, dovevamo tornare il giorno dopo. Poi ci fecero accomodare in una piccola sala d'aspetto. Uscì un infermiere che ci chiese chi volesse essere il primo. Mi feci avanti.

Il prelievo non fu doloroso come temevo, ma non fu neanche una passeggiata, quando terminò l'effetto dell'anestesia la parte interessata mi doleva eccome.

Ci dissero che i risultati sarebbero stati pronti tra una settimana e di non lasciare la sala d'attesa per almeno due ore. Ad uno ad uno uscirono tutti e tutti doloranti, ma tutti si erano sottoposti volentieri al prelievo nella speranza di poter aiutare Massimo.

Quel giorno non andai da Sandro ma rimasi a letto dolorante, la mattina dopo presi il treno da solo e tornai in città. Finalmente mi fecero passare nella stanza dove era ricoverato il mio amico.

«Ehi come stai? Ci hai fatto prendere un bello spavento l'altra sera.»

Mi resi conto che mi mancavano diverse informazioni, non sapevo se a lui l'avessero detto e cosa gli avessero detto, quindi dovevo essere molto prudente.

«Mi sento meglio adesso, mi hanno fatto quattro flaconi di sangue, mi hanno detto che uno era il tuo, così adesso siamo fratelli di sangue.»

«Ma che cazzo dici, tu hai il mio sangue, io il tuo non ce l'ho e neanche lo voglio… allora mettiamola così, io sono il padrone e tu lo schiavo.»

Ridemmo, ma non c'era allegria in quella risata né per me né per lui. Forse sapeva.

«Cosa ti hanno detto i medici?»

«Tutto, mi hanno detto tutto. Mi hanno detto che se non faccio il trapianto di midollo morirò in breve tempo, mi hanno detto che devono trovare un donatore compatibile al 100% e mi hanno detto che è un'operazione rischiosa e che non sempre riesce. Mi hanno detto che devono azzerare il mio midollo con la chemioterapia, e quando non avrò più difese immunitarie mi trapianteranno l'altro, in quel periodo mi potrebbe uccidere anche un raffreddore. Mi hanno detto che di solito il trapianto riesce, ma mi hanno anche detto che a volte il male può tornare. Insomma mi hanno detto che ho poche speranze di vivere e tante di morire.»

Mentre parlava gli scendevano le lacrime, e la voce era incrinata, non sapevo come comportarmi, avrei potuto minimizzare ma Massimo era intelligente, non mi avrebbe creduto, perciò rimasi in silenzio.

Poi mi scappò detto: «Insomma sei messo maluccio, brutta carogna, queste sono tutte le maledizioni che ti ho mandato per avermi soffiato Elisabetta.»

Mi guardò e scoppiammo a ridere entrambi, ma dentro di me avevo una pena infinita, se non ci fosse stato lui mi sarei messo a piangere.

«Sai che mi è successa una cosa molto strana quando sono svenuto?»

«Cosa ti è successo? Sembravi morto.»

«Ti ho visto.»

«E grazie al cazzo che mi hai visto, ero lì davanti a te.»

«Non in quel senso, io avevo già intrapreso il mio viaggio, vedevo te a terra che mi mettevi l'acqua in fronte e che mi davi gli schiaffi in viso per farmi riprendere. Ma io ero sopra di voi e vedevo te e il mio corpo. Non avevo paura come invece l'ho adesso, ero sereno. Poi ti ho visto di nuovo, anche tu eri sospeso in aria, eri per mano ad un vecchio signore, mi hai parlato, ma non parlavi, sentivo la tua voce ma non muovevi le labbra. Però ricordo esattamente cosa mi hai detto: "Massimo caro, non è ancora tempo per te, torna giù, tra un po' di tempo verrò anche io e rideremo insieme". Poi siete spariti tu e il vecchio e io mi sono ritrovato a terra dove ero.»

Rimasi sbigottito a quelle parole.

«Molte persone fanno esperienze di questo tipo, si chiamano esperienze *post mortem*, ma tu mica stavi per morire.»

«E invece sì, io ero morto o stavo per esserlo, sei stato tu che mi hai richiamato indietro.»

«Ma non dire cazzate, si vede che ti hanno dato qualcosa in questo ospedale che ti ha rimbecillito completamente, non le dire queste cose altrimenti invece che qui ti ricoverano alla neuro.»

Però rimasi stranito da quelle rivelazioni. Tornai ogni giorno, e non andai più da Sandro, non capivo perché ma le due cose mi sembravano incompatibili.

Poi arrivarono i risultati del test del midollo: la madre compatibile al 50%, il padre compatibile al 36%, io compatibile al 100%.

Ma com'era possibile? Prima dell'operazione parlai con il medico chiedendogli spiegazioni. Lui mi disse che molte volte i genitori non erano completamente compatibili, potevano essere più compatibili un fratello o una sorella. Con le moderne tecniche i medici avrebbero potuto anche fare un trapianto con un midollo non completamente compatibile, ma nel caso di Massimo questo non sarebbe stato possibile. Mi disse anche che il fatto che io fossi compatibile con il mio amico era una possibilità non remota, di più. La possibilità di trovare un midollo compatibile nel mondo era non più alta del 15% e nella maggior parte dei casi il midollo del donatore non sarebbe stato compatibile al 100%. Migliori possibilità avrebbero avuto i fratelli, ma contrariamente a quanto si potesse pensare i gemelli omozigoti erano i meno adatti per alcune incompatibilità peculiari.

Quindi che io fossi compatibile al 100% e per di più così vicino era veramente aver vinto al superenalotto.

Prima di sottopormi al prelievo salutai Massimo dal vetro della camera sterile dove era ricoverato; era bianco come un morto, ma mi sorrise.

L'intervento fu simile al precedente ma più doloroso. Adesso non restava che attendere.

Non potevo più andare dal mio amico, tanto non me lo facevano vedere, quindi cercai Sandro e ripresi la mia vita normale, però tutti i giorni chiamavo la madre per avere notizie.

Capitolo 6

Sandro era sempre lì sulla panca, pareva non si fosse mai mosso. Sempre vestito uguale, tanto che pensai che quell'uomo doveva avere tanti vestiti uguali e se li cambiava ogni giorno.

«Alla buon'ora! Dove sei stato? Sono giorni che ti aspetto.»

Mi scusai, poi gli raccontai tutto quello che era successo.

«Devi essere ottimista, vedrai che il tuo amico se la caverà, ha avuto già fortuna a trovare te che sei compatibile, sarebbe una beffa troppo grande se non ce la facesse.»

«Sai, non avevo mai pensato alla morte prima di adesso.»

«Tipico degli adolescenti… stai maturando caro Mario, e vedrai che queste vicende, pur se terribili, ti fortificheranno.»

«Se lo dici tu» risposi poco convinto.

«Vogliamo riprendere? Dove eravamo rimasti? Ma prima vai a prendere da bere.»

***

Continuai la mia vita campagnola senza infamia e senza lode. Le ragazze andavano e venivano. Per la verità in quel periodo andavano via più che venire. Ci sono quei momenti della vita che non sei predisposto per fare determinate cose, e anche se ti metti a farle non ti riescono, quindi meglio soprassedere in attesa di tempi migliori.

Ero arrivato all'ultimo anno e avrei avuto gli esami di maturità, tu ricorda sempre il periodo nel quale eravamo. Studiavo insieme a due compagni di classe. Non abitavano nello stesso posto dove abitavo io, quindi facevamo a turno a traslocare. Una volta da uno, la volta dopo dall'altro e poi da me. Le madri facevano a gara per rimpinzarci di cibo. Dicevano che eravamo deperiti, ma non era vero, erano loro che ci vedevano così.

Alcune materie le conoscevo a menadito, altre non le avevo mai studiate, ma con l'aiuto dei due compagni le appresi abbastanza per sostenere l'esame, anche se in cuor mio speravo proprio che non uscissero.

Il giorno dell'esame tenni conto di tutte le dicerie, o leggende metropolitane come direste voi, che circolavano circa i professori. Andare vestiti bene, capelli a posto, non sbilanciarsi mai su temi politici. Io ingenuamente gli prestai attenzione.

Fui promosso, ma la mia media fu bassa, avevo fatto un tema di italiano ridicolo. Adesso non ricordo esattamente di cosa parlasse, ma c'era di mezzo la politica e io per non sbilanciarmi a favore dei comunisti o dei nuovi fascisti feci una cosa veramente insipida. Quando fui all'orale il professore che mi interrogava me lo disse chiaramente, se fai bene l'orale passi, altrimenti bocciato. Mi disse del tema e non capiva perché avessi scritto così male considerando che per tutto l'anno in italiano avevo avuto otto.

Comunque fui promosso. Adesso c'era il problema di trovare lavoro. Anche a quei tempi non era così facile trovarlo, anche se indubbiamente oggi è peggio. Ero uscito come perito industriale e questa specializzazione era molto ricercata.

Mi misi a fare concorsi, ma allora come ora se non avevi qualche spinta eri fregato e io le spinte non le avevo. A qualche concorso arrivai sino alle visite mediche. Fu durante una di queste visite che il medico di turno mi dette la brutta notizia.

Le visite mediche consistevano in una visita generale dove il medico ti auscultava le spalle e ti tastava tutto, poi facevi i raggi X al torace e le lastre alle stomaco. Per fare le lastre allo stomaco ti facevano bere un bicchierone di Bario. Hai presente il gesso? Aveva la stessa consistenza e lo stesso sapore. Per mandarlo giù dovevi faticare.

Il medico guardò le lastre, poi mi disse: «Caro signore, lei ha una bella ulcera duodenale, secondo me deve operarsi, si faccia vedere». E così non mi presero. Non detti importanza alla cosa, come ti ho sempre detto quando si è giovani si è immortali, anche se negli ultimi tempi avevo dei gran dolori di stomaco.

Nel borgo vicino a casa mia avevano appena fatto un campo di calcio, l'erba era inesistente ma per noi abituati a giocare sul prato sembrava magnifico.

Organizzarono una manifestazione calcistica dilettantesca, il torneo dei bar, che poi aveva la stessa consistenza di uno "scapoli contro ammogliati", io partecipai con la squadra locale, giocavo in difesa come stopper. In quei giorni era tornato dalla Francia un ragazzo molto più grande di me, e si diceva che con il pallone fosse micidiale. Toccò a me marcarlo.

Lo feci talmente bene che non toccò praticamente palla. Terminata la partita mi sentivo stanco ma non gli detti importanza. La sera andai a ballare ma non stavo in piedi, così passai tutta la serata seduto a guardare gli altri.

Tornai a casa e andai a letto. La notte mi svegliai fradicio di sudore e con una sete bestiale. Andai prima al bagno, poi aprii il frigo e presi una bottiglia di acqua gelata. Ne bevvi mezza. Mentre tornavo a letto mi prese un giramento di testa e per poco non cadevo. Ce la feci ad arrivare al letto e mi riaddormentai.

Al risveglio non mi sentivo affatto bene, quando mia madre vide che non mi alzavo venne in camera, le dissi che non stavo bene, così mi portò il caffè e latte caldo. Lo bevvi e come l'ebbi bevuto stetti subito meglio, ma mi scappava la pipì, così mi alzai per andare in bagno. Feci tre passi e precipitai a terra svenuto.

Mi risvegliai nel letto dei miei genitori, era già arrivato il medico, allora i primi dottori erano i medici di famiglia che erano anche molto competenti, lasciamo perdere quelli di oggi. Mi fece alcune domande alle quali risposi. Davanti al letto c'era un armadio con gli specchi negli sportelli. Vidi la mia immagine riflessa e per poco non svenni di nuovo. Ero bianco come un cencio lavato.

La diagnosi fu *melena*. Nessuno di noi sapeva cosa volesse dire, però il medico disse di chiamare l'ambulanza e andare subito in ospedale, scoprii in seguito che la *melena* non era altro che un'emorragia interna.

Mi misero in un lettino con una borsa del ghiaccio sullo stomaco, non potevo mangiare nulla, potevo solo bere acqua ghiacciata e mangiare ghiaccio. Passò la visita e chiesi al primario cosa avessi. «Prima dobbiamo fare tutte le analisi» mi disse burbero.

Rimasi in quel letto per otto giorni, ogni sei ore, notte compresa, veniva un infermiere e mi faceva un'iniezione, dopo otto giorni avevo il culo tutto traforato come se ci avessero lavorato sopra all'uncinetto.

Dimagrii dieci chili, finalmente il professore ci chiamò. Ci spiegò che avevo un'ulcera allo stomaco, questa ulcera per sfortuna era venuta vicina ad un capillare, quando si infiammava mi provocava un'emorragia nello stomaco. Ci disse anche che per lui ero troppo giovane per essere operato e che dovevo fare delle cure, polveri, iniezioni e ancora iniezioni.

Considera che al giorno d'oggi un'ulcera si cura con una pillola, ma a quei tempi ancora non conoscevano le cause e quindi anche le medicine erano pressoché inutili, erano tutti metodi empirici che non facevano altro che ingrassare le case farmaceutiche, ma effetti benefici pochi.

Le prescrizioni furono: mangiare in bianco, no a cibi caldi, niente caffè o liquori, tè solo leggero, niente fumo, niente sforzi, niente sole e al mare solo in acqua o sotto l'ombrellone. Ero praticamente morto.

Ma ci si abitua a tutto e presto mi abituai anche a quella vita che non era vita. Le ragazze mi evitavano, ero quello malato, con gli amici ero limitato e non potevo fare quello che facevano loro.

Così mi fidanzai con una ragazza adorabile che abitava lontano da me e che non sapeva niente di tutto quello che mi era successo.

Anche a quell'età mi limitavo a passeggiarci insieme la domenica, niente di che, ma il fatto di sapere che ci fosse mi faceva sentire meno solo.

Per fartela breve dopo un anno mi tornò l'emorragia, e dopo un altro anno ancora una volta. Tornammo più volte dal professore ma il responso era sempre lo stesso: troppo giovane per essere operato. In quel periodo con quell'operazione si poteva morire, non era affatto un intervento banale. Ti tagliavano praticamente mezzo stomaco.

Mio padre conobbe un professore di Roma, un chirurgo, il quale mi indirizzò da un gastroenterologo famoso sempre di Roma. Il medico mi visitò e la sua sentenza fu che mi dovevo operare, andai da lui nel mese di luglio, mi disse di passare sereno l'estate e che a settembre mi avrebbe trovato lui un posto in un ospedale sempre a Roma.

Stai sereno… era una parola, io ero convinto che sarei morto sotto i ferri. Quindi la prima cosa che feci fu quella di andare dalla mia fidanzata e lasciarla; non le detti spiegazioni, ma dissi solo che la lasciavo. Vissi quell'estate come in trance aspettando il momento in cui sarei morto. Il momento arrivò, non ti dico cosa mi passava per la mente, ma ero rassegnato, se così doveva essere così sarebbe stato.

Invece non morii, mi operarono e andò tutto bene. I successivi sei mesi, per non dire un anno, furono terribili. Come mangiavo un po' di più vomitavo, come mangiavo una cosa grassa non digerivo, ma almeno potevo fare quello che facevano gli altri.

Impiegai molto tempo a riprendere il giro delle amicizie. In quel posto mi annoiavo. Ero cresciuto insieme ad un ragazzo che di mestiere aveva sempre fatto il cameriere, non posso dire che eravamo proprio amici, ma insieme stavamo bene. Una sera parlavamo seduti in macchina e questo ragazzo mi disse che voleva andarsene, voleva emigrare.

C'era appena stata la crisi petrolifera, non so se ricordi qualcosa. Il petrolio iniziò ad avere prezzi esorbitanti, i paesi dell'OPEC avevano fatto cartello e mantenevano artificiosamente i prezzi alti. Così il mondo occidentale prese delle contromisure, alcune intelligenti, altre, come in Italia, da deficienti coma al solito.

Cosa si inventarono questi geni? La domenica le automobili dovevano stare ferme e non potevano circolare, così risparmiavamo petrolio, peccato che c'erano delle attività che operavano la domenica e dovettero chiudere. Poi qualcuno più lungimirante, si fa per dire, si inventò le targhe alterne, una domenica le pari, la domenica dopo le dispari.

Però la situazione finanziaria dell'Italia era davvero critica, fabbriche che chiudevano, operai licenziati e altre amenità del genere. Così non trovai tanto balzana l'idea dell'amico. Concordammo che avremmo tentato di emigrare insieme.

Un giorno partimmo per Roma, le nostre mete erano solo due, Australia e Sud Africa, chissà perché non ci venne in mente l'Argentina o l'America.

Arrivammo alle ambasciate e facemmo domanda. Passò molto tempo prima che giungesse una risposta, poi un giorno arrivò, ma per me non fu positiva: lui poteva andare, io no, la motivazione fu che non avevo esperienza. Così anche quel tentativo di cambiare vita era andato a vuoto, ma neanche il mio amico partì più. Penso che se ci avessero presi entrambi adesso non sarei qui a raccontarti questa storia.

Dopo l'operazione avevo deciso che mi sarei goduto la vita, e tornai a caccia di donne come un assatanato, non ne perdonavo nessuna, ma non ti voglio più raccontare le mie esperienze sessuali, quelle della gioventù hanno un senso, quelle che vengono dopo sono solo esperienze. Ma non ero contento di me, ero sempre insoddisfatto. Trovai lavoro in un posto dove facevano quadri elettrici e finalmente raggiunsi la mia indipendenza economica, ma nonostante questo non mi venne mai in mente di andare a vivere da solo.

I quasi quattro anni che avevo vissuto nella malattia mia avevano dato un carattere di ferro, ma avevo perso quattro anni ed ero in ritardo su tutto. Molti miei amici si erano sposati, alcuni avevano già dei figli, io non avevo nessuno eccetto i miei genitori.

In uno di quei giorni in cui la luna ti gira storta mi venne in mente di arruolarmi nella legione straniera. Mi informai come fare per la domanda. Partii per Roma per andare all'ambasciata francese.

Trovai un funzionario che parlava bene italiano e mi aiutò a compilarla. Mi chiese come mai avessi fatto quella scelta. Mi disse che era una vita dura e di solito chi si arruolava lo faceva per sfuggire a qualcosa, molte volte alla giustizia. Io gli dissi che semplicemente volevo fuggire dalla mia vita che non mi piaceva. Lui alzò le spalle e prese la domanda.

Poi mi rivolse un'ultima osservazione: «Lo sa che il periodo minimo di ferma è di cinque anni?»

Lo sapevo, mi ero informato prima ma non mi importava pur di andare via da lì.

«Adesso che ne dici di fare una pausa? Ho la gola secca, vai a prendere altre due birre.»

Capitolo 7

La mattina dopo prima di andare al mare passai da mia nonna. La vecchietta adorabile stava annaffiando i fiori, come al solito come mi vide mi abbracciò. Volle per forza farmi il caffè. Mentre lo prendevamo al tavolo della cucina le domandai con noncuranza: «Senti nonna, non mi hai mai parlato del nonno, e neanche la mamma l'ha mai fatto, come mai? Inoltre in giro non vedo sue foto né altro che lo ricordi, non so neanche dove è sepolto.»

Mi guardò con i suoi occhi acquosi, poi mi disse: «Caro nipote, non parlo volentieri di tuo nonno.»

«Perché? Quant'è che è morto, io non ho ricordo di lui, forse mi ha visto quando ero piccolo?»

«Tuo nonno se n'è andato tanto tempo fa, non ho più notizie di lui, è andato via senza una spiegazione, un giorno è sparito e non è più tornato, mi ha abbandonata, ha abbandonato pure sua figlia per la quale stravedeva... a sentire lui. Non andare al cimitero, non troverai nessuna lapide di lui, e poi tu sei troppo giovane per questi argomenti.»

Ancora con questa storia... tutti mi dicevano questa frase, ma non ero affatto troppo giovane per queste cose. Non insistetti perché vedevo che ancora ci soffriva. Però invece di andare al mare presi la corriera e andai al cimitero.

Il cimitero era ordinato e circondato ai lati da dei cipressi, era molto grande, non avrei mai trovato quello che cercavo, ammesso che ci fosse. Mi venne in aiuto il custode. Gli dissi il nome di mio nonno e mi indirizzò in un posto abbastanza isolato.

Era un angolo abbastanza spoglio, pochi fiori e le lapidi sembravano tutte uguali, cercai a lungo senza trovarlo. Avevo quasi perso le speranze quando nell'ultima fila eccolo. Mio nonno, non era tanto che era morto, appena un anno. Possibile che mia nonna mi avesse mentito? O forse era anche possibile che non lo sapesse che era morto. Non potevo crederci. Sulla tomba non c'era la foto, così neanche potei sapere che aspetto avesse. Me ne tornai dal custode chiedendogli se venisse mai nessuno da lui.

«Io non ho mai visto nessuno, ma non sono sempre qui» mi disse quello.

Tornai al paese intenzionato a chiarire questo mistero. Dovevo provare a chiede alla mamma. Se anche lei si fosse mostrata reticente avrei cercato qualcuno che lo avesse conosciuto.

Tornai deciso a casa, trovai di nuovo mia madre a pregare. Anche questo fatto era di per sé strano, mia madre non era mai stata particolarmente religiosa, il fatto che la trovassi sempre a pregare non mi convinceva. Decisi di non disturbarla, l'avrei fatto a pranzo.

Così quando mi chiamò per dirmi che era pronto, mi accomodai al mio posto preparando le parole. Iniziai a mangiare, mio padre quel giorno non c'era, mi sembrava l'occasione giusta.

«Mamma, perché non parli mai del nonno? E perché non c'è nemmeno una foto sua, né qui a casa né dalla nonna?»

Lei mi guardò, era rimasta con la forchetta a mezz'aria.

«Sei troppo piccolo per queste cose» mi rispose riprendendo a mangiare.

«Mamma, non sono piccolo, perché non me ne volete parlare?»

«Senti, adesso non ne ho voglia, poi ti racconterò di lui» e così dicendo si alzò e uscì dalla cucina.

Ma che c'era di così misterioso da non poterne parlare? Non riuscivo a darmi una spiegazione del loro comportamento. Ma ormai avevo deciso e niente mi avrebbe fermato. Terminai di pranzare e uscii deciso a portare a termine il mio compito.

Già, ma era più facile a dirlo che a farlo. Da dove cominciare?

Esaminai le possibilità a mia disposizione, non sapevo chi erano gli amici del nonno. Mi resi anche conto che di lui non sapevo niente, solo il nome. Nonno per me era come un fantasma che aleggiava nell'aria, sapevi che c'era ma non lo vedevi mai. Potevi sentirne la presenza, forse anche l'odore ma non avresti mai potuto toccarlo.

Poi mi rimase l'ultima risorsa a cui ricorrere: Sandro. Se anche lui non sapeva niente ero fregato. I due uomini potevano avere più o meno la stessa età, quindi c'erano molte possibilità che si conoscessero tra loro.

***

Lo raggiunsi alla solita panchina, questa volta mi presentai già con le birre pronte senza attendere che mi dicesse di andarle a prendere.

«Ciao ragazzo, vedo che impari in fretta.»

«Ci credo, a forza di stare con te sto diventando alcolizzato.»

Il vecchio rise, fino a quel momento non avevo notato quel particolare. Aveva una fila di denti perfetta, bianchi e diritti, e non era certo una dentiera, lo dicevano alcuni particolari, un dente era più stretto, un altro aveva una macchietta, uno era leggermente scheggiato.

«Senti Sandro, prima che ricominci il tuo racconto avrei alcune domande da farti.»

«Dimmi pure ragazzo, se posso aiutarti lo farò.»

«Tu hai conosciuto mio nonno Sandro?»

«Certo che l'ho conosciuto, non posso dire che eravamo amici ma ci conoscevamo.»

«In casa non ne vogliono parlare, e neppure nonna ne vuole parlare, non c'è nessuna fotografia sua, non sanno neanche che è morto. Sono stato al cimitero sulla sua tomba e anche lì non c'è la foto. Se l'hai conosciuto puoi dirmi qualcosa di lui?»

«L'ho conosciuto, ma non così bene come potresti pensare. Era un bell'uomo alto, tu gli somigli molto, so che si sposò con tua nonna già in tarda età, ma poi come ti ho detto non è che ci frequentassimo, quindi delle vicende della sua vita ne so poco o niente. Considera che sono stato diverso tempo all'estero e che quando rientravo avevo altro da fare. Mi spiace ma molto di più di questo non posso dirti. Una cosa però me la ricordo bene, perché ne parlavano tutti una volta che ero in vacanza e che quindi soggiornavo in paese. Pare che tuo nonno fosse un donnaiolo e che si fosse innamorato di una ragazza molto più giovane di lui. Però com'è andata a finire la storia non lo so.»

«Grazie lo stesso, forse adesso capisco perché nonna e mamma non ne vogliono parlare, saranno ancora arrabbiate con lui.»

«Forse sì, ma forse non sanno la verità e lo considerano un poco di buono, invece da quel che ho sentito dire era una persona molto buona e sempre pronta a sacrificarsi per gli altri. Ma ti ripeto, sono solo voci, non ho nessun'esperienza diretta al riguardo.»

«È già molto quello che mi hai detto, ho capito tante cose, e soprattutto ho capito che non devo fare più domande su di lui. Dove eravamo arrivati?»

***

Eravamo rimasti alla mia domanda per entrare nella legione straniera. Non ricevetti risposta per molto tempo. Quindi continuavo la mia vita come sempre, lavoravo sempre nella fabbrica dei quadri elettrici, gli amori andavano e venivano ma niente di importante accadeva. Ormai la vecchia combriccola si era dispersa, alcuni si erano trasferiti, qualcuno era morto, e qualcun altro aveva cambiato amicizie.

Poi un giorno arrivò la lettera della legione straniera, avevo quasi cambiato idea al riguardo e la decisione non fu facile da prendere. Decisi che ci avrei riflettuto prima di aderire, non ero del tutto convinto, la mia vita in quel posto era quasi inutile e molto monotona. I miei contatti di un tempo erano quasi tutti spariti.

L'unico che avevo mantenuto era quello con Massimo e Simonetta, e naturalmente Nadia di riflesso. I due si erano sposati e avevano due bei bambini, sembravano una coppia felice, mentre Nadia abitava sempre a Roma e ogni tanto tornava per trovare gli amici.

Tra me e Nadia era rimasta solo l'amicizia. Una sera eravamo a casa di Massimo a cena. I coniugi si allontanarono per mettere a letto i bambini e io e lei rimanemmo soli in terrazza. Si confidò con me. Mi disse che si era messa con un profugo e perseguitato politico capoverdiano. Io le dissi che a Capo Verde non c'era la dittatura e che molto probabilmente quello gli aveva raccontato una cazzata per scoparsela. Lei si offese, aveva sempre avuto queste tendenze tipo *"io salverò il mondo"* e trovai naturale dirle così per metterla in guardia, ma indubbiamente ero stato troppo crudo.

Mi disse che ci aveva già scopato e che scopava meglio di me, lei proteggeva il povero profugo e quello se ne approfittava. Mi immaginavo le scene. Ma non replicai, non volevo litigare con nessuno, tantomeno con lei. Però mi rimase comunque la convinzione che fosse una povera illusa sognatrice e che non fosse cresciuta abbastanza.

Ne avevo conosciute di donne in vita mia che si mettevano con drogati, ladri, neri o delinquenti nell'intento di cambiarli. Naturalmente non ci riuscivano mai. I drogati restavano drogati, i delinquenti pure, così come i ladri erano sempre ladri, e i neri rimanevano neri. Per inciso non dico neri per indicare il colore della pelle, per neri intendo dire tutti quei profughi che si spacciano per perseguitati e che invece perseguitati non erano. Ma non ti racconto niente di nuovo, basta vedere cosa succede oggi.

Queste donne sono le più fragili e le più deboli anche se molte volte l'impressione che danno di sé è quella di forza e determinazione. Nadia era una di loro. Così me ne andai senza salutare nessuno.

Decisi di aderire alla ferma, anche questa volta la mia decisione era stata influenzata da una donna. Forse adesso capisci meglio quando ti dicevo che le donne hanno un'influenza incredibile su noi uomini. Quella sera, se lei non mi avesse detto quelle cose e non avessimo avuto quella discussione, molto probabilmente la mia strada sarebbe stata diversa.

Partii in treno, dovetti raggiungere la città di Castelnaudary dove c'era il centro di addestramento nella regione della Linguadoca.

Dopo una settimana volevo fuggire, un addestramento che definire duro è poco. Ti spezzavano le ossa e la schiena. Ma dopo un mese mi sentivo un altro uomo, tonico, in forma e forte. Terminai l'addestramento e mi aggregarono a un battaglione di stanza nel Maghreb. In quel posto non c'era niente, solo sabbia, caldo e scorpioni.

Non ti voglio tediare con il racconto della mia permanenza in quel corpo, sappi solo che uccisi anche delle persone e partecipai non a vere e proprie battaglie ma a scaramucce con i ribelli. Ma erano scaramucce pericolose perché si sparavano proiettili veri. Vidi anche degli amici morire per i colpi ricevuti e uno lo vidi morire per il morso di un serpente.

Quando ti trovi in quegli ambienti i commilitoni diventano i tuoi migliori amici, entra in gioco una solidarietà che nella vita normale sarebbe impensabile. Anche dopo i contatti rimangono attivi e le amicizie salde. Anche adesso ho dei contatti con i commilitoni di allora.

Poi cinque anni passarono, non me n'ero neppure accorto, mi arrivò la proposta di un'ulteriore ferma, ma rifiutai, avevo guadagnato abbastanza e volevo cambiare vita. Forse la mia vita futura sarebbe stata peggiore, nel corpo avevo trovato una famiglia, degli amici, fuori avrei dovuto cominciare tutto daccapo, non sarebbe stato facile, ma decisi così e tornai qui.

La situazione nel paese era cambiata ulteriormente, cinque anni lontano da un luogo cambiano tante cose, anche Massimo e la moglie Simonetta si erano trasferiti in città. Praticamente non conoscevo nessuno. Ricominciare non fu facile per niente. Per passare il tempo facevo lunghe passeggiate per la campagna.

Una di queste escursioni cambiò la mia vita. Stavo passeggiando per una strada sterrata, era primavera e il sole iniziava a farsi sentire, avevo scelto quella strada perché ai lati c'erano tanti alberi e la strada era in ombra. Mi giunse all'orecchio un lamento, sembrava provenire dal vicino bosco, mi inoltrai per vedere meglio. Seduta a terra tendendosi una caviglia c'era una giovane donna, bellissima. Si lamentava e si contorceva dal dolore.

«Posso aiutarla? Cosa le è successo?»

La donna mi guardò sollevata e mi rispose: «Che fortuna che ci sia lei, da queste parti non passa mai nessuno. Sono scivolata e credo di essermi slogata la caviglia, mi fa molto male e si è tutta gonfiata.»

La esaminai e in effetti sembrava proprio una caviglia slogata. Durante la mia permanenza nella legione avevo imparato anche nozioni di pronto soccorso e vari trucchi che in quei frangenti potevano fare la differenza tra la vita e la morte. Nella legione le caviglie slogate erano una costante, quindi sapevo bene come intervenire. Presi il coltello che portavo sempre con me e tagliai dei rami e delle fronde. Feci una specie di imbracatura con cui strinsi la caviglia in modo che non si muovesse. Poi con un ramo più grande ricavai un bastone a cui la donna avrebbe potuto sorreggersi. Provai ad aiutarla a rialzarsi.

Mi ringraziò e mi pregò di accompagnarla a casa, che distava poco da quel luogo. Non ti dirò il nome della donna in quanto vive ancora da queste parti e mi sembrerebbe poco delicato.

Così un passo alla volta la donna riuscì a coprire la distanza che ci separava dalla sua abitazione, si appoggiava al bastone e alla mia spalla.

I genitori erano già preoccupati del ritardo della figlia. Il padre prese l'automobile e la portò in ospedale. La donna volle che andassi anche io. Al pronto soccorso il medico disse che chi aveva fatto quel lavoro alla gamba sapeva il fatto suo. Tornammo verso casa con la gamba ingessata. Tutti insistettero affinché restassi a pranzo.

Nacque così una bella amicizia, non solo con lei ma anche con i suoi genitori. Ogni giorno percorrevo quella strada e andavo a trovarla. Passavamo ore a parlare. Ti sembrerà strano, la ragazza era bellissima, dolce, delicata, ma non mi ispirava nessuna pulsione sessuale, sentivo semmai l'istinto di proteggerla, di curarla.

Si rimise in fretta dalla slogatura e un giorno che era ormai estate decidemmo di andare al mare insieme. Ti giuro, io non avevo alcuna intenzione di circuirla, ma fu lei che mi trascinò lontano e volle fare l'amore con me, era vergine. Quando fui sul punto di venire mi scostai, ma qualcosa me lo impediva, erano le sue gambe che mi avvolgevano completamente la schiena, così non ci riuscii. Mi mormorava «ti voglio, ti voglio, è tanto che ti aspettavo.»

Così mi trovai sposato e con una figlia a carico. Non mi pentii mai di quella scelta, anche se non era stata in definitiva una scelta mia. La mia vita aveva finalmente un senso, dovevo pensare al benessere di altre persone.

Mia figlia era deliziosa e mi aveva rubato il cuore, adesso avrei dovuto risolvere il problema del lavoro. Mio suocero mi propose di lavorare con lui in campagna. A me la campagna non era mai piaciuta, ma accettai di buon grado.

Uscivo la mattina presto insieme a lui e quando iniziava a fare caldo rientravamo per uscire di nuovo il pomeriggio tardi. Quello fu il periodo più bello della mia vita.

«Birra» mi disse imperioso.

Mi alzai e corsi al chiosco. Tornai con le birre. Bevve la sua avidamente, emettendo un grugnito di soddisfazione una volta che fu terminata.

«Ecco, adesso ho un bel po' di materiale per scrivere, ma presumo che la tua storia non sia finita qua.»

«Infatti non è finita, ma dopo non è tanto interessante. Ma per oggi basta, sono stanco e non ho più voglia di parlare.»

Così me ne andai, era la prima volta che lo sentivo dire che era stanco.

***

Telefonai alla madre di Massimo e finalmente ebbi una bella notizia: il trapianto era perfettamente riuscito, aveva recuperato le difese immunitarie e adesso poteva ricevere visite.

Quella notizia mi fece passare tutto in secondo piano, la vita mi sembrava bella, e i miei problemi irrisori. La mattina dopo sarei andato da lui.

La serata non fu particolarmente movimentata, in casa non stavo volentieri, non mi sentivo a mio agio, così uscii per farmi una birra e fare una passeggiata sul lungomare.

Nel pub trovai gli amici di sempre, si era aggiunta una ragazza carina ma piccola di età. Me la presentarono come una ragazza nuova che era venuta ad abitare in paese. Era divenuta amica di Elisabetta ed era quindi entrata nel gruppo.

«Ragazzi avete saputo la bella notizia?» esordii io.

Tutti scossero la testa tranne Elisabetta. «L'avrei detto io tra poco, ma già che ci sei dillo tu, il merito è tutto tuo» mi rispose lei.

«Vi annuncio ufficialmente che Massimo è fuori pericolo, e può ricevere visite.»

Un applauso spontaneo partì da quei ragazzi, seguito da urla e fischi che fecero voltare tutti gli avventori del locale.

«Allora dobbiamo festeggiare» disse uno dei ragazzi, «birra per tutti.»

E così festeggiammo lo scampato pericolo di Massimo, non sapevo se potesse considerarsi definitivamente guarito ma sperai dentro di me che lo fosse.

Mentre mi alzavo con il bicchiere in mano contemporaneamente si alzò anche la nuova ragazza, ci scontrammo e tutta la birra ci finì addosso, ci guardammo e scoppiammo a ridere, fradici di birra.

«Andiamo fuori, almeno ci asciughiamo prima, puzzeremo comunque come ubriaconi ma saremo asciutti.»

Così la seguii fuori. Ci conoscemmo, si chiamava Fiorella, veniva dalla città, mi piacque subito quel suo modo franco di approcciarsi e mi piaceva anche lei anche se ancora la consideravo troppo piccola per me.

La mattina dopo presi il treno per andare a trovare l'ammalato. Con me c'erano alcuni del gruppo ma non tutti, però c'era Elisabetta e anche Fiorella.

Quando Massimo ci vide si mise prima a ridere, poi a piangere. Mi prese le mani e poi sempre piangendo mi disse: «Grazie, grazie, grazie.»

«Non rompere i coglioni Massimo, pensi che mi abbia fatto piacere farmi togliere mezzo sangue e mezze ossa per darle a un testa di cazzo come te? Adesso oltre che fratelli di sangue siamo anche fratelli di midollo, sai cosa significa questo? Significa che io non pagherò più una birra in vita mia e saranno tutte a tuo carico.»

Risero tutti, vidi che Fiorella mi guardava ammirata. Restammo a tenergli compagnia fino a che non ci buttarono fuori. Massimo ci disse che se tutto andava bene tra una settimana sarebbe uscito.

Tornammo al paese felici della bella notizia, Fiorella si era seduta vicino a me, le parole di Sandro tornavano continuamente in ballo.

Quel giorno non andai da lui, avevamo deciso di andare tutti al mare per festeggiare la guarigione del nostro amico.

Mi trovai a camminare sulla spiaggia e udite-udite, insieme a me c'era Fiorella. Ci allontanammo dagli altri, ma io non avevo nessuna intenzione lussuriosa con lei. Mi piaceva però starci insieme, questo sì.

In quel punto della spiaggia alcuni scogli uscivano fuori dall'acqua, ci sedemmo su uno più grande degli altri con i piedi a mollo nell'acqua, sempre parlando del più e del meno. Poi lei smise di parlare, mi guardò negli occhi, mi si avvicinò e mi baciò. Io risposi al quel bacio ma subito la scostai.

«Ma che fai? Tu sei troppo piccola per me.»

«Non è sempre quello che dicono a te, che sei troppo piccolo per certe cose? Non sono troppo piccola, in fin dei conti ho solo tre anni meno di te, non mi sembrano così tanti.»

In effetti non aveva tutti i torti, ma accidenti sapeva tutto di me, anche il fatto che tutti mi dicessero che ero troppo piccolo. Pensandoci bene anche quella situazione poteva essere un *dejà vu*, la situazione era simile a quella di Sandro. Sembrava come se le nostre vite si intrecciassero continuamente.

Così stetti al gioco e riprendemmo le nostre effusioni. Da quel giorno fummo inseparabili, io e lei da soli, io e lei con gli altri, ma sempre io e lei.

Il giorno dopo tornai dal vecchio, la storia che mi aveva raccontato fino a quel momento era stata interessante, ma forse il bello doveva ancora venire. Sembrava che la sua storia e la mia stessero convergendo verso un punto in cui si sarebbero incrociate, ma era solo una sensazione oppure le fantasia di un presunto scrittore, che forse scrittore non lo sarebbe mai diventato e si sarebbe trovato a fare magari il saldatore.

Arrivai all'appuntamento, questa volta le birre erano già sul tavolo.

«Allora hai passato bene il giorno ieri?»

«Sono stato a trovare Massimo che è guarito, ma la notizia più importante è che ho conosciuto una ragazza che mi fa sentire diverso.»

«Eh lo so, succede sempre così quando si incontra l'anima gemella.»

«E tu che ne sai che è la mia anima gemella?»

«Da come ne parli sembrerebbe così.»

«Ma se non ti ho detto niente.»

«Tu forse no, ma i tuoi occhi parlano per te.»

Cazzo! Si vedeva così tanto? Ma mica ero innamorato di lei. O forse sì? È vero che ci pensavo continuamente, ma da lì ad essere innamorati ce ne correva. Boh… quel vecchio sembrava sapere tutto.

«Vabbè Sandro, riprendi il racconto, quanto manca alla fine?»

«Oggi dovremmo finirlo.»

Questa notizia così repentina mi lasciò una sensazione di vuoto, mi dispiaceva interrompere quello che per me era diventato ormai un rito, un'abitudine della mia vita. Dopo quel giorno sarebbe tutto finito, non è che non l'avrei più visto, lui al bar andava sempre e lo avrei potuto incontrare là. Ma era diverso, quel posto era diventato il nostro, era dove stare, dove scambiarsi confidenze. Tutte le cose finiscono, mi dissi, e anche questa finirà. Preparai il telefono e lo misi in fase di registrazione.

L'uomo riprese il racconto.

Il tempo trascorreva sereno, non mi ero mai sentito così bene, mia moglie era dolce, comprensiva e tanto brava con nostra figlia.

Lo interruppi: «Ma perché non mi dici i nomi, se tua figlia è di questo posto e tua moglie pure senza dubbio le conosco.»

«Non è ancora venuto quel tempo, abbi pazienza e tutto si chiarirà… forse. Ma anche se non ti si chiarirà completamente sono sicuro che capirai, sei intelligente e pieno di risorse. Ti chiedo solo di avere pazienza.»

Ti stavo dicendo che stavo bene, il lavoro nei campi era duro ma mi dava soddisfazione. Avevo imparato tante cose da quell'uomo taciturno e burbero ma tanto buono che era mio suocero, adesso non mi doveva dire più "si fa così", sapevo esattamente cosa fare e come comportarmi.

Poi un giorno andai a spegnere il pozzo dell'irrigazione, lui lo aveva lasciato presso una serra a togliere le erbacce. Tornai e lo trovai morto. Un infarto fulminante, era steso a terra ma non sembrava avesse sofferto, aveva il viso sereno. Avevo visto tante volte la morte e mi aveva sempre lasciato l'amaro in bocca. Quella volta non fu così, ero sicuro che era andato via in pace.

Rimaneva il fatto di doverlo dire a mia suocera e a mia moglie. Non ti sto a raccontare lo strazio di quelle due povere donne. Amavano entrambe profondamente quell'uomo e la sua mancanza si fece sentire, specialmente nei primi tempi.

Mancava tanto anche a me. Ma si sa, il tempo attenua tutti i dolori, non li fa scomparire ma li attenua. Così riprendemmo la nostra vita.

Sennonché pochi mesi dopo anche mia suocera subì la stessa sorte. Solo che lei se ne andò per un tumore e prima di morire patì le pene dell'inferno. Mia moglie la accudiva sempre, così io accudivo mia figlia e passavamo molto tempo insieme. Cresceva bene, era diventata grande, era molto intelligente, assomigliava a me ma anche alla madre.

Poi mia suocera morì e rimanemmo soli in quella grande casa di campagna. Mia figlia aveva nel frattempo completato le elementari, le medie e adesso andava al liceo, era ormai all'ultimo anno. Era sempre stata bravissima e non ci aveva mai dato nessuna preoccupazione di nessun genere. Insomma potevo dire che la nostra vita scorreva serena e tranquilla.

Io da parte mia non avevo più quelle pulsioni che in passato mi avevano tanto tormentato, ero contento di me e di quello che avevo. Mia figlia terminò il liceo, doveva scegliere la facoltà da frequentare. Naturalmente avrebbe dovuto andare via da quel posto e l'idea non le sorrideva proprio.

Un giorno tornò a casa, aveva un'aria strana, di solito era sempre sorridente ma quel giorno no, era cupa, pensierosa. La madre le chiese se si sentisse male. Rispose appena.

Ci sedemmo per pranzare, avevo appena iniziato il mio piatto quando lei esordì:

«Sono incinta.»

Per poco non mi andava di traverso tutto. Non concretizzai subito quell'affermazione. Non poteva essere, io la vedevo ancora bambina, ma non era più una bambina. Come tutti i genitori siamo portati a vedere i nostri figli più piccoli di quelli che non siano in realtà. Poi ci accorgiamo improvvisamente che sono diventati uomini e donne, e noi non ce ne siamo accorti, ci rendiamo conto che si siamo persi quella fase della loro vita che li ha portati ad essere prima adolescenti e poi persone adulte.

Mi scappò detto: «Chi è il padre?»

«Lui ancora non lo sa, comunque sappiate che io ho tutte le intenzioni di tenere il bambino anche se lui non vorrà sposarmi.»

Io e mia moglie ci guardammo sorpresi: la nostra bambina, era la nostra bambina che parlava, aveva una determinazione nella voce e negli occhi che non avevo mai scorto.

Ricorda sempre che eravamo negli anni Settanta, allora se una ragazza rimaneva incinta c'era solo il matrimonio riparatore.

«Per me va bene, quello che deciderai tu» le dissi.

Mia moglie, che fino a quel momento era stata zitta, esordì con quella saggezza tutta femminile che solo le donne hanno e che a noi uomini il più delle volte è preclusa.

«Anche a me sta bene quello che deciderai, solo che volevo essere sicura che tu sappia e sia cosciente a cosa andrai incontro» e uno dopo l'altro le snocciolò i problemi che avrebbe incontrato sulla sua strada, se si fosse sposata o meno.

Mia figlia ascoltò attentamente, poi ci disse: «Papà, mamma, vi voglio bene, siete i genitori migliori che un figlio possa desiderare, e sono convinta che sarete dei nonni magnifici.»

Corse ad abbracciarci, piangemmo tutti di commozione, terminati i pianti e gli abbracci la prima a recuperare il controllo fu lei.

«Oggi lo dico al mio ragazzo, vediamo come reagisce, se reagisce come immagino ve lo porterò a casa a farvelo conoscere, altrimenti lo lascerò subito.»

Non solo quel ragazzo fu felice della notizia, ma fu addirittura entusiasta. Erano giovani e non capivano, o meglio non avevano esperienza della vita, ma perché disilluderli? Avrebbero imparato a loro spese che la vita molte volte può essere crudele.

Capitolo 8

Nacque quel piccolo mostriciattolo, io e mia moglie impazzimmo di gioia. Nel frattempo i ragazzi si erano sposati e il marito di mia figlia si era rivelato veramente un bravo ragazzo, calmo, intelligente e ligio ai propri doveri.

Il mostriciattolo era bello lungo quando nacque e presto iniziò a farci passare i primi guai. Non mangiava, non dormiva e piangeva sempre.

Non te la sto a fare tanto lunga, nonostante i primi mesi siano stati terribili in seguito crebbe bene. Divenne un magnifico bambino, bello, alto, con una gran massa di capelli. Era il nostro orgoglio. Io stravedevo per lui, mi rivedevo in lui. Quando mi era possibile lo portavo sempre con me. Gli insegnai tante cose. Il piccolo sembrava una spugna, assorbiva tutto senza apparente sforzo. Cresceva bene e divenne un bellissimo adolescente.

Intanto io e mia moglie invecchiavamo, ma invecchiavamo bene, sempre sereni, innamorati e con una vita piena. Mia figlia e suo marito vivevano nel piccolo borgo quindi erano a un tiro di schioppo da noi.

Il ragazzo andava bene a scuola, non aveva bisogno di sollecitudini per studiare. Anzi a volte era vero il contrario, stava sempre sui libri e occorreva spronarlo ad abbandonarli per mandarlo fuori con gli amici.

Poi un giorno maledetto suo padre gli regalò un motorino. Non posso incolpare il padre, tutti gli amici lo avevano e lui non doveva essere da meno. Gli avrebbe dato quel senso di indipendenza che tutti i ragazzi amano. Per lui vennero i primi amori e le prime esperienze. Cambiò di carattere, ma forse cambiò in meglio.

Un giorno che non dimenticherò mai stava tornando a casa con il motorino quando una macchina lo investì in pieno. Ambulanza, medici, ospedale e la nostra disperazione.

Avrei dato la vita per salvare quel ragazzo, di più, avrei dato la mia anima. Non morì, ma entrò in coma. Aveva fratture in tutto il corpo, ma la cosa più grave è che aveva subito un trauma cranico nonostante portasse il casco. Si era formato un ematoma che comprimeva il cervello. Non poteva essere operato visto dove si era formato l'agglomerato di sangue. I medici ci concessero poche speranze. Ci dissero che solo un miracolo lo avrebbe salvato. Poteva restare in quella condizione per tutta la vita, come poteva risvegliarsi da un momento all'altro, dipendeva tutto dal fatto che il suo organismo riuscisse o meno ad assorbire il trauma.

Sua madre, suo padre, io e mia moglie non lo abbandonavamo mai. A turno eravamo al suo capezzale. Quando era il mio turno gli parlavo continuamente, gli raccontavo delle storie e la mia vita, ci scherzavo e ridevo anche. Qualche volta avevo come l'impressione che ridesse anche lui, ma sapevo bene che era solo un riflesso condizionato.

Poi un giorno mi successe un fatto strano.

***

«Per oggi basta, sono stanco e questi ricordi mi distruggono.»

«Eh no! Cazzo, mica puoi lasciarmi così sul più bello, adesso devi finire il racconto, mi hai incuriosito Sandro. Non puoi farlo, ti vado a prendere la birra?»

«No ragazzo, il racconto è terminato, io devo andare, il mio tempo è finito. Ma non ti preoccupare, il finale lo saprai, devi solo attendere, e vedrai, sarà più bello di quello che tu possa immaginare.»

«Sandro, ma perché mi fai questo, io come lo finisco il libro? Ma a parte il libro, sono curioso. Tuo nipote è in coma, è morto, si è svegliato, è ancora su quel letto? Troppe domande in sospeso.»

«Ho terminato il tempo concessomi, ragazzo, ti ho detto che lo scoprirai da solo e presto, adesso devo lasciarti, non sai quanto mi pesi farlo ma devo.»

Poi aggiunse una frase che non mi sarei mai aspettato da lui: «Ti voglio bene, tienilo sempre a mente». E poi se ne andò, lasciandomi solo e stecchito sulla panca come un baccalà messo al sole ad essiccare.

Che strano uomo, quando parlava del nipote si vedeva l'amore che gli usciva dagli occhi, era amore puro. Mai visto qualcosa del genere in vita mia.

Ora, gente, penserete che io mi sia montato la testa, è vero, sono giovane ed inesperto, ma i giorni passati con quell'uomo non potrò dimenticarli mai. Ho imparato più con lui che nel resto della mia giovane vita. Mi ha fatto capire tante cose che forse avrei capito ugualmente, ma ci avrei messo del tempo.

Poi quando il libro sarà terminato forse anche voi capirete cosa è stato quell'uomo per me.

Rassegnato tornai a casa. Avevo più interrogativi adesso di quando avevo iniziato quel colloquio. Il vecchio Sandro mi aveva liquidato come se quella fosse l'ultima volta che ci saremmo visti. Mi aveva lasciato con l'ultimo quesito e con una storia senza finale. Non riuscivo a capire perché si fosse comportato così. Aveva detto che lo avrei capito da solo, ma come facevo a capirlo da solo?

Troppi interrogativi che non trovavano risposte. La mia fiducia in quell'uomo però era infinita, quindi se mi aveva detto così in fondo ero fiducioso che così sarebbe andata a finire.

Per quel giorno avevo finito il mio compito, quella sera saremmo andati tutti in pizzeria per festeggiare Massimo, che finalmente era tornato con noi. Aveva affrontato il suo viaggio all'inferno ma era tornato. Quindi mi precipitai a casa, ero già in ritardo, salutai babbo e mamma che erano sempre alle prese con i loro pensieri oscuri, mi feci una doccia e uscii di nuovo.

Avevo voglia di rivedere Fiorella, avevo voglia di rivedere Massimo, avevo voglia di rivedere tutti i miei amici. Avevo voglia di vivere.

Trascorsi quella sera in allegria, verso la fine mi appartai con quella che ufficialmente era diventata la mia fidanzata per scambiarci delle effusioni. A voi sembrerà strano, ma quando stavo con quella ragazza anche nell'intimità mi eccitavo ma non pensavo al sesso. Avevo la netta sensazione che se ci avessi fatto sesso avrei sciupato qualcosa, avrei spezzato quel filo magico che ci legava.

Il giorno dopo ci vedemmo al mare, sempre tutti insieme, praticamente proseguì la festa della sera prima. A uno degli amici venne l'idea di rivedersi anche il pomeriggio ma io rifiutai. Dovevo cercare Sandro, perché nonostante la festa, nonostante gli amici e nonostante Fiorella non mi potevo togliere dalla mente le parole del vecchio.

Quel pomeriggio tornai al nostro solito posto, ma Sandro non c'era. Pensandoci bene di lui non sapevo molto eccetto il nome. Non sapevo come facesse di cognome, non sapevo dove abitasse, come si chiamasse sua moglie o sua figlia o che aspetto avessero.

Però avevo in serbo una risorsa, la mia possibilità di rintracciarlo era tutta in quel bar dove l'avevo conosciuto. Gli altri dovevano per forza conoscerlo, era sempre al loro tavolo a guardarli giocare a carte. E vista tutta la birra che si beveva anche il barista doveva avere qualche sua notizia.

Mi diressi fiducioso a quello che avevo chiamato "bar per vecchi" ma che adesso vedevo sotto una luce nuova. Anche i vecchi li vedevo sotto una luce nuova, non erano vecchi ma solo persone che avevano vissuto più di me, avevano più esperienza di me e molto probabilmente erano anche più saggi.

Dalla memoria dei vecchi si potevano apprendere delle storie incredibili, dalle loro esperienze potevo prendere spunti per un numero incredibile di libri da scrivere e riscrivere. Ognuno di loro era un'enciclopedia vivente, e ognuno di loro era diverso dall'altro.

Entrai e loro non mi degnarono di uno sguardo, mi presi una birra e mi sedetti al loro tavolo per vederli giocare a carte.

Durante una pausa della partita a briscola e prima che si mettessero a giocare a tressette gli feci la domanda: «Scusatemi tanto, giorni fa seduto dove sono seduto io c'era un signore più o meno della vostra età che si chiama Sandro. Qualcuno di voi potrebbe indicarmi dove abita?»

Mi guardarono a turno, poi quello che doveva essere il leader, e anche il più anziano del gruppo, si pulì i baffi a tricheco completamente bianchi che gli scendevano ai lati della bocca e mi disse: «Ragazzo, non è che hai esagerato con la birra? Qui non c'è mai nessuno, siamo sempre noi quattro a giocare e nessuno si siede alle nostre spalle, anche perché ci darebbe fastidio.»

«Ma non vi ricordate? Un giorno sono venuto anch'io e quell'uomo mi si è avvicinato impedendomi di ubriacarmi, come fate a non ricordare?»

«Ragazzo, è meglio che vai a casa, forse è il sole o forse la birra ma mi sembri confuso.»

Non contento mi rivolsi al barista, la risposta fu più o meno la stessa, non ricordava nessun vecchio che frequentasse il bar a parte quelli che giocavano a carte.

Perplesso mi allontanai. Che mi fossi sognato tutto? Possibile? Avevo una prova inconfutabile, le registrazioni sul mio telefono.

Corsi a casa, avevo avuto cura di riversarle sul computer. Infatti erano là, la prova inconfutabile che non ero pazzo. Riascoltai la prima delle registrazioni, era esattamente come la ricordavo. No, decisamente non ero pazzo, forse lo erano quei vecchiacci che non volevano aiutarmi, chissà poi perché. Ma io mi ero rinfrancato. Quindi uscii di casa, per andare non so neanch'io dove. Così chiamai Fiorella per invitarla a cena. Pur nella nostra piccola intimità a lei non avevo raccontato nulla delle mie chiacchierate con Sandro, decisi che quella sera sarebbe stata adatta a raccontarle tutto.

Capitolo 9

Vedeva la luce filtrare dalle tapparelle delle veneziane parzialmente aperte, la vedeva ma non la vedeva; quella non era vista, era più una percezione. Sentiva gli uccelli emettere il loro perenne canto d'amore, ma non li sentiva. Erano come ricordi che fluttuavano nella sua mente, erano frammenti di sogni vissuti che riaffioravano dal niente.

Gli sembrava di sentire un bel fresco e una leggera brezza marina scarmigliargli i capelli. Stava bene, quello sì. A volte gli arrivavano parole lontane, era una persona singola che parlava, a volte erano più persone, ma erano lontane e non capiva mai cosa stessero dicendo. Sentiva i loro bisbigli, erano bassi e attenti come se non volessero disturbare il suo sonno.

Ma lui mica dormiva, quindi il loro tono doveva essere basso per un altro motivo. Dove si trovava? A volte era un sentiero fatto di luce, altre volte un vicolo oscuro fatto di ombre e demoni. Quando il sentiero era luminoso intravedeva delle persone alla fine del percorso. Lo invitavano ad andare da loro, ma non riusciva mai a raggiungerli. In particolar modo c'era una persona che ogni volta che faceva un passetto in avanti, inesorabilmente lo ricacciava indietro.

Era come una forza che lo respingeva. Quando tornava al punto di partenza era immancabilmente eccitato, il membro eretto, allora figure di donne che gli si offrivano si affollavano nella sua mente, sognava di fare l'amore con ognuna di queste donne. Ma nessuna di loro riusciva a vederla in volto, erano tutte senza faccia, oppure lui era cieco e quello che vedeva lo vedeva con la mente.

A volte intorno a sé sentiva amore, un amore sconfinato, però erano amori diversi, sentiva l'amore di una donna, quello di un padre o di una madre per il proprio figlio. Altre volte non sentiva amore ma semplice distacco, altre volte compassione.

Poi tutto spariva e ripiombava nel buio, quando il sentiero oscuro si ripresentava le peggiori paure si impossessavano di lui poi tutto spariva, compresa la coscienza.

Sapeva di dover lottare per dover sfuggire al buio, ma stranamente doveva lottare anche con la luce. Se non ci fosse stato quel maledetto uomo che lo respingeva avrebbe facilmente raggiunto quelle persone che lo chiamavano. L'uomo lo respingeva ma lo incitava a combattere. Ma combattere chi? Combattere cosa? E soprattutto perché? Era più facile non combattere, lasciarsi andare. Voleva con tutto se stesso raggiungere quelle luci in lontananza. Negli ultimi tempi gli era sembrato che le luci fossero più luminose.

Ma la cognizione del tempo non era una sua prerogativa, non vedeva passare i giorni, non vedeva la notte cedere il posto al giorno, il sole cedere il posto alla luna. Non vedeva neppure passare le stagioni. In che mese eravamo adesso? Forse al di fuori di quel bozzolo era gennaio inoltrato con il suo freddo intenso, oppure era luglio con le sue giornate terse e piene di sole, oppure novembre con le sue piogge insistenti. Non conosceva neppure l'anno oppure la sua età. Era sospeso in un limbo senza tempo e senza coscienza, non aveva altri compagni di viaggio che potessero attenuare la sua solitudine, era solo, eccetto che quando vedeva quelle figure luminose, allora sentiva che erano simili a lui e si sentiva meno solo.

***

Quella sera Fiorella era splendida nella sua semplicità adolescenziale, quando lo vide le si illuminarono gli occhi. Gli dette un bacio appassionato. La sua bocca sapeva di fiori e odorava di buono. Non aveva prenotato nella pizzeria, per lei voleva il meglio, aveva prenotato in quel locale dove era finito per sbaglio la prima volta.

Il locale era esattamente come se lo ricordava, il cameriere che lo accolse era lo stesso ragazzo della prima volta. Lui lo riconobbe e li accolse con il suo sorriso. «Mi fa piacere rivederla signore, prego accomodatevi, vi ho riservato il tavolo più bello.»

Li guidò fino al tavolo sulla terrazza che aveva occupato la volta scorsa. Quella sera però non ordinarono pizza ma fecero una cena a base di pesce, non ordinò birra ma vino. Uscirono da quel ristorante con un bel conto salato, ma non gli importava.

Decisero di andare a passeggiare sul lungomare per poi addentrarsi lungo la spiaggia. Mentre camminavano con i piedi nell'acqua e le scarpe in mano disse a Fiorella: «Ti devo raccontare una storia, questi pomeriggi in cui mi vedevate sparire mi vedevo con un vecchio uomo.»

Le raccontò tutto sino alla fine, tralasciando ovviamente i racconti amorosi di Sandro, ma per il resto le disse tutto, comprese le sue indagini successive al bar abitualmente frequentato dall'uomo. La ragazza lo ascoltò senza mai interromperlo e senza rivolgergli alcuna domanda. Arrivarono al luogo dove le barche erano in riparazione e si appoggiarono ad una di esse.

«E tu come te lo spieghi tutto questo?» gli chiese la ragazza.

«Non sono riuscito a trovare una spiegazione logica. Se non fosse per le registrazioni direi che sto impazzendo e che mi sono sognato tutto. Meno male che i file sono nel telefono oltre che nel computer. Adesso te ne faccio sentire una parte.»

Armeggiò con il telefono per ritrovare il file audio, le registrazioni erano tutte lì nella cartella dove le aveva messe. Premette il tasto play e disse: «Ascolta.»

Dal cellulare si diffuse il file audio: si sentivano gli uccelli cantare, le macchine che passavano, il vento che tirava, ma di voci nemmeno l'ombra. Rimasero in ascolto per un po' di tempo, poi non ce la fece più ed esplose in un gesto di insofferenza.

«Ma che cazzo succede? Nel computer ho sentito distintamente la voce di Sandro, perché nel telefono non c'è più? Ti giuro che non mi sono inventato niente, non sono pazzo.»

«Io ti credo, ma tu non dire a nessuno questa cosa altrimenti per pazzo ci passeresti davvero.»

«Non sono convinto, Fiorella, ti sembro uno che sta fuori? Però dimmi la verità, non sopporterei una tua compassionevole bugia.»

«A me sembri solo stressato, forse la vicenda di Massimo ti ha lasciato dentro un segno più profondo di quello che ti sembra. Però un modo c'è per verificare tutto. Andiamo a casa tua e sentiamo le registrazioni che hai copiato nel computer.»

«Giusto! Hai proprio ragione. Andiamo.»

Arrivarono a casa e si precipitarono nella sua camera; accese il computer e lanciò il primo file. Era uguale a quello del telefono.

«Non è possibile, sto impazzendo e non me ne accorgo.»

Vide la compassione negli occhi di Fiorella, ma non voleva cedere, così mandò avanti il file. Alcune parole vennero fuori confuse nella riproduzione accelerata e la sensazione di non essere pazzo per un attimo fu scacciata. Fece tornare indietro, si sentiva la voce, ma era la sua, non quella di Sandro, erano le sue domande, le sue osservazioni, ma lui non rispondeva mai.

Pianse, non volevo farlo ma lo fece, lei lo consolava ma si sentiva disperato. Si era immaginato tutto, non c'era mai stato nessun Sandro. Il suo cervello gli aveva giocato un brutto scherzo, che altro si era immaginato? Fiorella era reale? Oppure anche lei era un ologramma che il suo cervello proiettava nell'ambiente? Si sentiva male.

Lei gli prese la faccia tra le sue mani, gli asciugò le lacrime con un fazzoletto, poi lo baciò appassionatamente. Rispose al bacio, prima timidamente poi sempre più convinto. Fecero l'amore, lo volle lei. In quei momenti dimenticò tutto quello che gli era passato per la mente: c'era solo lei, lei che gemeva, lo baciava, lo voleva, lo comprendeva.

Terminata la tempesta però tutti i pensieri e i dubbi tornarono a galla, ci pensò però Fiorella a levarglieli dalla testa. Lo trascinò fuori a forza, lo condusse nuovamente sulla spiaggia e lo costrinse a fare il bagno.

***

Tornò la luce e tornarono le figure che lo chiamavano. Come tutte le volte tentò di raggiungerle, questa volta però successe una cosa diversa dalle altre volte. Una figura solitaria si staccò dalle altre e venne nella sua direzione. Si avvicinava velocemente, in lui riconobbe l'uomo che sempre lo respingeva.

Quando fu più vicino poté distinguerne i lineamenti. Era un bell'uomo, alto e con grandi occhi azzurri con delle rughe di espressione agli angoli. Emanava forza e serenità. Gli arrivò talmente vicino che poteva toccarlo. Invece fu l'uomo che toccò lui, gli mise una mano sulla spalla e lo guardò fisso negli occhi. Quel contatto gli dette come una scossa, era tanto tempo che non toccava nessuno e che nessuno toccava lui.

L'uomo parlò. «Lo sapevo che ce l'avresti fatta.»

Il ragazzo non capiva cosa intendesse dire il vecchio, provò a parlare e sorprendentemente ci riuscì.

«Tu chi sei?» gli chiese in un modo anche leggermente sgarbato.

«Tu non ti ricordi di me, ma sono tuo nonno.»

«Mio nonno? Io non ho nonni vivi, mio nonno è morto molti anni fa.»

«È vero, sono morto molti anni fa e sono morto per salvare te.»

«Ma cosa stai dicendo? Io non sono morto.»

«No, ma stavi per raggiungerci. Quelle voci che sentivi e che ti chiamavano sono quelle degli altri defunti. Ogni volta io ti rimandavo indietro perché se tu avessi varcato quella soglia non sarebbe stato più possibile tornare nel tuo mondo.»

«Ma pensi che io sia proprio un credulone? Mi vuoi fregare, non capisco lo scopo ma per me tu hai un secondo fine.»

«Ascoltami figliolo, cercherò di farti capire cosa è successo. Io sono davvero tuo nonno Sandro. Un bel po' di tempo fa tu avesti un incidente con il motorino, una macchina ti prese sotto. Hai riportato molte fratture, ma niente da cui non si potesse guarire. Però oltre alle fratture hai avuto anche un trauma cranico e sei entrato in coma. I medici non potevano operarti. L'unica speranza era che l'ematoma che avevi in testa si riassorbisse da solo. Hai lottato tra la vita e la morte per molto tempo, e in tutto questo tempo io sono stato con te, spronandoti, esortandoti, raccontandoti storie. In altre parole ti ho tenuto sveglio obbligandoti a lottare per la tua vita.»

«Bella storia, e tu pensi che io ci creda?»

«Ti dirò altre cose che forse ti aiuteranno a ricordare. Cosa ricordi del tuo amico Massimo?»

«Cosa c'entra adesso Massimo?»

«Tu dimmi cosa ti ricordi di lui.»

«Ricordo che gli ho donato il sangue e il midollo.»

«Bene, vedo che siamo sulla buona strada. Ti ricordi di Fiorella?»

«Certo che mi ricordo di lei, è la mia fidanzata, la ragazza che amo, che cosa c'entra ora lei?»

«Tu ancora la devi incontrare quella ragazza, e devi ancora donare il sangue e il midollo a Massimo. Tutto quello che ricordi in realtà non lo hai ancora vissuto. Lo vivrai, questo è certo. Pensa che occasione, ogni essere umano sogna di poter tornare indietro nel tempo e rivivere certe situazioni per poter correggere gli errori che ha fatto. Far prendere agli avvenimenti una strada invece che un'altra, è un privilegio offerto a pochissimi, e tu sei uno di questi.»

«Tu sei pazzo, vecchio, è vero che non so dove mi trovo e cosa mi è successo, ma io con quella ragazza ci ho fatto l'amore, ricordo ogni istante di quei momenti e tu mi dici che ancora devo incontrarla, e per quanto riguarda Massimo, guarda… ho ancora la cicatrice sulla schiena.»

Il ragazzo si alzò quello che sembrava un camice da ospedale, ma sulla schiena non aveva nessuna cicatrice.

«Lo so che è difficile da credere, ma aspetta che finisca di raccontarti tutto, poi dovrai tornare alla vita, e quando sarai tornato ti verranno alla mente tutte le cose che ti ho detto quando eri in coma e vedrai che ricorderai tutto quanto.

Molto tempo fa, una notte, mentre stavo tornando a casa da un viaggio mi fermai ad un autogrill, mi avvicinò una persona che con una scusa qualsiasi mi volle offrire un caffè. Era un grande affabulatore, ma quello che mi convinse ad ascoltarlo fu il fatto che mi raccontò alcuni aspetti della mia vita che solo io potevo conoscere.

Non è che facemmo proprio amicizia nel senso classico della parola, però parlammo molto. Poi questa persona prese la mia testa fra le sue mani e mi disse che mi avrebbe fatto vedere il futuro. Vidi tante cose che sarebbero accadute nel futuro, vidi anche il tuo incidente, vidi che ti portavano in ospedale, tua madre che piangeva disperata, tuo padre che sembrava sul punto di svenire. E soprattutto vidi tua nonna, la persona che tanto amavo e che tanto ti amava. In quel viso vidi la sua disperazione profonda, incolmabile.

Quando tutto terminò, quell'individuo mi propose uno scambio: la mia vita in cambio della tua. Tu ti saresti salvato ma io dovevo andare con lui. Non era però solo la mia vita che gli dovevo donare, dovevo dargli l'anima, avrei dovuto essere per sempre suo. Dopo molte contrattazioni gli strappai come condizione la possibilità di aiutarti. Ci stringemmo la mano come quando si chiude un affare tra amici.»

«Continuo a pensare che tu sia pazzo, vorresti farmi credere che quella persona fosse il diavolo e che tu gli abbia venduto la tua anima per salvarmi? Non ci credo, comunque vai avanti, a me piace scrivere, chissà che da questo tuo farneticare non ne possa uscire una storia interessante, ma penso che se scriverò queste cose è più facile che mi ritrovi rinchiuso in un manicomio.»

«La mia reazione fu la stessa che hai tu in questo momento, gli detti del pazzo. Ma lui mi disse che avevo solo questa possibilità, se optavo per il no tu saresti morto. Mi disse anche che sarei dovuto sparire, non semplicemente morire, nessuno avrebbe avuto più mie notizie. Questa fu la cosa che mi fece pensare a fondo e la più dolorosa. Mi immaginai tua nonna che amavo più di me stesso, la sua reazione, quanto avrebbe sofferto, un conto è sapere che una persona è morta, un altro è non avere più sue notizie, una tomba su cui piangere. Riflettici un attimo, tua nonna cosa doveva pensare? Che fossi fuggito da lei e da voi è la risposta più ovvia.

Da allora lei mi odia, non mi ha mai perdonato la mia scomparsa. Ha nascosto tutte le mie fotografie e ogni notte piange, ma non lo fa per il dolore, lo fa per la delusione che le ho dato. Pensava di conoscere quell'uomo che aveva tanto amato e improvvisamente scopre che io non ero l'uomo che lei pensava ma un individuo abbietto, capace di lasciare moglie e figlia nel modo più brutale che ci possa essere.

Io sono stato sempre con te, non ti ho mai abbandonato Dovresti ricordare i nostri colloqui sulla panca. Non ricordi i miei consigli di andare in palestra? I miei racconti erotici? Era tutto per invogliarti a lottare, a non mollare la vita. Adesso anche tu hai solo due scelte, se mi credi torni alla vita, se non mi credi dovrai venire con me nell'aldilà. Se sceglierai la vita una parte del tuo futuro la saprai e ti comporterai di conseguenza, però solo una parte, il resto ti sarà ignoto come a tutti gli altri. Aspetto una tua risposta.»

***

Non potevo non essere confuso, lo ero all'inverosimile. Se credevo a quell'uomo che diceva di essere mio nonno, molti tasselli andavano a posto, quella fornitami dall'uomo era una spiegazione che aveva anche una sua logica. Ma questa era una cosa pazzesca e la logica non era contemplata. Se non gli credevo molte cose sarebbero state senza risposta. Mi dissi che in fondo credergli non mi costava poi molto, se era vero la situazione descritta sarei tornato al mondo reale, se non era vera allora ne avrei subito le conseguenze. Ma peggio di come era adesso non sarebbe stato, a quel punto volevo sapere di più.

«Tu mi vuoi dire che esiste davvero il paradiso e l'inferno? Che esistono anche gli angeli, i demoni, Dio e il diavolo?»

«Questo non mi è permesso svelarlo, ma abbi fiducia in me.»

«E sia, voglio tornare a vivere.»

Il viso dell'uomo si distese in un sorriso, poi mi disse: «Bravo! È la scelta migliore. Avrai una vita lunga e piena di soddisfazioni, poi un giorno ci ritroveremo. Mi devi fare però un piccolo favore.»

«Adesso ti posso chiamare nonno, mi dispiace solo non averti conosciuto in vita… cosa posso fare per te?»

Epilogo

«Mamma.»

La donna che era chinata con la faccia tra le mani, ebbe un sussulto, alzò la testa e vide che ero sveglio.

«Mio Dio, mio Dio, è un miracolo, ti sei svegliato.»

Piangeva e rideva contemporaneamente, poi mi riempì di baci. Mi baciava dappertutto, il viso, le mani addosso.

Ero disteso in un letto con il cannello dell'ossigeno al naso e vari tubi che mi uscivano da tutte le parti, un ago infilato nel mio braccio faceva scendere attraverso un tubicino di plastica del liquido.

Poi mia madre si alzò, si precipitò fuori della stanza. Poco dopo due medici, un'infermiera e mio padre corsero dentro. Vidi la loro sorpresa e vidi anche mio padre piangere a dirotto.

Mi fecero immediatamente una TAC, dalla quale risultò che non c'era più traccia dell'ematoma in testa. I giorni successivi mi sottoposero a sedute molto faticose di riabilitazione.

Un giorno ero seduto nel letto e mangiavo una cosa schifosa che doveva essere il mio pranzo, quando si spalancò la porta e un fiume di ragazzi si riversò dentro. Erano i miei amici che erano venuti a trovarmi. Tra loro Elisabetta e Massimo, che iniziava già ad avere un colorito pallido. Ormai sapevo come sarebbe andata a finire e non mi preoccupai più di tanto.

La loro allegria contagiò anche me, fu un bel giorno quello. Ancora più bello fu il giorno che potei uscire. Mi avevano dato due stampelle sulle quali appoggiavo le braccia, ma non ce la facevo, allora mi misero su una sedia a rotelle. Non ero ancora autonomo, a casa avrei dovuto fare molte sedute di fisioterapia. Ma mi sarei ripreso del tutto. Mi dissero che se ci riuscivo dovevo nuotare.

Massimo mi veniva a prendere, salivo sulla carrozzella e mi portava fino al mare. Mi gettavo in acqua e iniziavo a nuotare. Le prime volte mi stancavo subito, poi con l'esercizio continuo riuscivo a resistere di più. Ma ancora non potevo fare a meno della carrozzella. Una sera Massimo mi portò in pizzeria. C'erano tutti e c'era anche una ragazza che non avevo mai visto. Questa affermazione non è del tutto vera, non l'avevo mai vista nella vita reale, ma nel sogno, se si può chiamare così, o nell'altra vita la conoscevo benissimo… Fiorella.

Dimostrò subito interesse per me, che in quel momento non ero altro che un povero invalido, sapevo già come sarebbe andata a finire.

Gradualmente mi ripresi, ero diventato autonomo e quel giorno fu una bella sensazione. Se quello che avevo vissuto era stato reale dovevo tutto a mio nonno. Quel nonno che non avevo mai visto né conosciuto, quel nonno che aveva sacrificato la vita per me, e non solo la sua vita, anche la sua anima. Era arrivato il momento di rendergli il favore. Ma sapevo già in partenza che non sarebbe stato facile.

Un giorno radunai i miei genitori a casa di mia nonna.

«Devo mettervi al corrente di cosa mi è accaduto mentre ero in coma» iniziai senza tanti preamboli. Mi ascoltarono sino alla fine senza mai interrompermi. Mentre raccontavo vedevo dei lacrimoni scendere sulle gote di mia nonna e di mia madre. Anche mio padre si commosse, anche se non pianse, per lo meno all'inizio.

Raccontai episodi che solo loro potevano sapere, non certo io che quando erano successi non ero ancora nato. Mi fecero un sacco di domande alle quali risposi meglio che potei. Al termine mia nonna piangeva a dirotto, così come mia madre.

La nonna prese tutte le fotografie del nonno e le riposizionò nelle cornici vuote, mentre le sistemava le baciava, la sentivo mormorare: «Lo sapevo, lo sapevo». Indubbiamente era lui, in una foto in particolare sembrava che sorridesse proprio a me.

«Solo una cosa dovete dirmela voi perché non l'ho capita. Chi c'è nella tomba?»

Mi rispose nonna: «Nessuno c'è, quando è arrivato il nulla osta della presunta morte di Sandro il Comune ha fatto la tomba, in quell'angolo sono tutte tombe del Comune, ma dentro a quella non c'è nessun corpo.»

Successe tutto come mi aveva predetto Sandro, compreso l'episodio di Massimo, per non parlare di Fiorella.

Mi interrogai molte volte sull'esistenza di Dio, al riguardo non avuto nessuna risposta esauriente, ma da quel momento in poi sentii il bisogno di essere un cattolico praticante, la preghiera mi aiutava.

Adesso voi mi direte che è una storia strampalata e che mi sono inventato tutto. Ma anche se fosse così e fosse tutta opera della mia fantasia, non credete che abbia una gran fantasia e che ci verrebbe un bel libro?

Ma credetemi, è tutto vero.

FINE

Finito di stampare nel mese di Ottobre 2017
per conto di Youcanprint *Self-Publishing*